湖南扇 上

[日] 芥川龙之介 著

周钰 林敏洁 译

重庆出版集团 重庆出版社

图书在版编目（CIP）数据

湖南扇 / （日）芥川龙之介著 ; 周钰，林敏洁译. 重庆 : 重庆出版社, 2025. 1. -- ISBN 978-7-229-15555-1

Ⅰ. I313.45

中国国家版本馆CIP数据核字第2024UT9268号

湖南扇

HUNAN SHAN

[日] 芥川龙之介　著　周　钰　林敏洁　译

丛书策划：李　子
责任编辑：李　梅
责任校对：李春燕
封面设计：荆棘设计
版式设计：侯　建

重庆出版集团
重庆出版社 出版

重庆市南岸区南滨路162号1幢　邮政编码：400061　http://www.cqph.com
重庆天旭印务有限责任公司印刷
重庆出版集团图书发行有限公司发行
全国新华书店经销

开本：787mm×1092mm　1/32　印张：17.625　字数：340千
2025年1月第1版　2025年1月第1次印刷
ISBN 978-7-229-15555-1

定价：65.00元

如有印装质量问题，请向本集团图书发行有限公司调换：023-61520678

版权所有　侵权必究

目录

十元纸币 1

大岛寺信辅的前半生 18

早春 45

马腿 52

春 73

温泉来函 92

海边 103

尼提 117

死后 122

年末一日 130

湖南扇 137

卡门 156

春夜 161

点鬼簿 167

玄鹤山房 178

海市蜃楼 202

他 213

他之二 225

悠悠庄 239

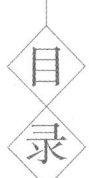

十元纸币

一个阴云密布的初夏早晨，堀川保吉垂头丧气地爬上月台的石阶。尽管如此，他的垂头丧气也并非为了什么大事。他只是因裤兜里仅余六十余钱①而感到苦闷。

彼时的堀川保吉时常为钱所困。教英语的报酬每月

---

① 钱，曾经的辅助货币。本书中的"元"即为"日元"，1日元大约可换算为100钱。

仅六十元。即使在《中央公论》上发表了闲暇时所写的小说,稿费也未超过九十钱。不过,相对每月房租五元,一顿饭五十钱这样的花销来说,的确也足以度日。不仅如此,与其说他是爱打扮,毋宁说他喜欢摆阔——至少在其重视经济意义这一层面,这是事实。堀川保吉手不释卷,一定要抽埃及香烟,也一定要去音乐会;不仅要与朋友相聚,也要与女人见面——总之每周必去一次东京。被这样的生活欲望所驱使,理所当然,堀川保吉时常预支稿费,也会找父母兄弟接济自己。若是如此钱还不够花的话,堀川保吉会把大型画册典当到挂有红色玻璃檐灯的土墙当铺。但是,现今他已经没法预支稿费,又和家里人吵了架——不,不仅如此。保吉早已将在纪元节①花十八元五十钱新做的礼帽脱了手……

保吉行走在人头攒动的月台上,而那熠熠生辉的礼帽仍历历在目。礼帽的圆筒上仿佛隐约透出土墙当铺窗户漏出来的光,还映照着窗外盛放的广玉兰……但是,手指突然触到裤兜里的六十余钱,保吉的幻梦瞬间破灭。今天不过十几号,发薪日是二十八号。距离发薪日收到写有"堀川教官"的西洋信封还要等上两周。然而他一

---

① 纪元节,每年2月11日。旧称纪元节,现在称为日本建国纪念日。

直期盼去往东京的周日便是明日。堀川本打算明日和长谷、大友共进晚餐；买一些当地没有的油画颜料和画布，还想去欣赏莫伦道夫①的演奏会。但是只有六十余钱的情况下，就连东京之行本身也化为泡影。

"明天，再见了您嘞。"

为排解满腹愁肠，保吉想抽根烟，然而伸手一掏，不巧口袋里一根烟也没有。他越发感受到来自命运的充满恶意的微笑。保吉走向候车室外面卖东西的小贩。戴着绿色鸭舌帽，脸上有淡淡麻子的小贩一直百无聊赖地望着挂在脖子上的盒子里的报纸和糖果什么的。他不是一介商人，而是阻碍我们生命的消极精神的象征。保吉对于这个小贩的态度，今天也——倒不如说只有今天感到焦急烦躁甚至坐立不安。

"给我朝日。"

"朝日？"

小贩依旧低着头，责问似的反问道。

"是报纸？还是香烟？"

保吉意识到自己的眉头气得抖动了起来。

---

① 根据芥川 1913 年 12 月 5 日书简记载，德国人 Fräulein Möllendorff 为世界级别的小提琴演奏者。

"啤酒!"

小贩吃惊地望向保吉的脸。

"没有朝日啤酒。"

保吉纾解了郁结,大步离开了小贩。但是,打算来这里买的朝日该当如何?朝日什么的不抽也罢。保吉自觉收拾了面目可憎的小贩,比抽了哈瓦那雪茄还要心满意足。他忘记了裤兜里的六十余钱,朝月台前面走去,如同在瓦格拉姆战役中大获全胜的拿破仑一般……

分不清岩石还是泥土形成的灰色断崖高耸直入阴沉的天空。断崖顶端隐约笼罩着一片难以分辨是草还是树的微微泛白的绿。保吉独自一人心不在焉地从断崖下走过。火车轰隆隆地摇晃了三十分钟后,还要走不足三十分钟的沙尘路。于保吉而言,这毋庸置疑是永久的痛苦。痛苦?——不,并非痛苦。惰性法则不知不觉连痛苦的意识也夺走了。他每日都麻木地在近乎乏味的悬崖下行走,承受地狱业苦未必是我们的悲剧。我们的悲剧是感受不到地狱业苦的真正面貌。保吉每周从如此悲剧之中跳脱出来一次。但是,裤兜里只余六十余钱的当下……

"您早。"

突然跟保吉打招呼的是首席教官粟野先生。粟野先生年逾五十，是一位皮肤黝黑、戴近视眼镜、有些驼背的绅士。本来保吉就职的海军学校的教官都穿着超越时代的藏青色制服，从未穿过其他任何样式的西装。粟野先生也同样身着藏青色西服，戴着崭新草帽。保吉恭恭敬敬回了礼。

"您早。"

"越发闷热了呢。"

"令爱可大安？听说病了……"

"多谢关心，终于在昨日出院了。"

保吉在粟野先生面前就像换了个人似的很是殷勤。这丝毫不是虚礼。他对粟野先生的语言天赋极为佩服。年近六十的粟野先生教授拉丁语的《恺撒战记》。他当然精通英语，此外还擅长各种各样的近代语言。粟野先生读着一本 Asino（《笨蛋，傻瓜》），或许并非这个书名。总之，保吉不知何时因看到他正在阅读类似这个名字的意大利语书籍而大吃一惊。但是，保吉怀有敬意不仅因为粟野先生是语言天才，粟野先生还极具温和宽厚的长者风范。保吉在英语教科书中发现了难解之处，一定会出门向粟野先生请教。难解之处——当然为了节省时间，有时他也懒得翻字典而是直接去请教。但是事实上，在此情况下，礼节上，保吉面对粟野先生时还是竭尽全力装作一筹莫展的样子。粟野先生总是驾轻就熟地解决他的疑问。但是，保吉仍旧清楚地记得，问题过于简单的情况下，粟野先生装作思考的虚伪模样。粟野先生将保吉的教科书拿到面前，嘴里叼着灭了的烟斗，总是稍稍沉思一会儿，而后就好似忽然得到上天启示一般，一边招呼着"这个大概是这样吧"，一边三下五除二解答了问题。因为这出表演，因为这与其说是出类拔萃的语言天赋，倒不如说是这伪善者姿态的教导戏码，保吉不知道多尊敬粟野先生……

"明天就是周日了。最近仍是一到周日必定前往东京吗？"

"是。——不，明天不去了。"

"为何？"

"老实说——囊中羞涩。"

"您开玩笑吧。"

粟野先生略微发出些许笑声。他顾虑颇深地笑了一下，似乎勉强能在茶褐色的胡子下看到他的虎牙。

"不管怎么说，你除了工资还有稿费，所以应该收入颇丰啊。"

"您开玩笑吧。"这次说出这话的是保吉。他认为这比粟野先生的话要真诚得多。

"工资,诚如您所知是六十元,稿费是一张九十钱。假定一个月写五十张,也仅仅五九四十五元。而且小型杂志的稿费也只有六十钱上下……"

保吉立即拼命解释靠写文章谋生是如何困难。这还不仅局限于解释的层面,他那与生俱来的诗人情怀眼见着又让那解释变得夸张起来。日本的剧作家和小说家——特别是他的朋友须得安于贫困惨淡之中。长谷正雄[①]不喝酒而是喝着电气 Bran[②]。大友雄吉[③]和妻子租了只有三张榻榻米[④]大小的二楼。松本法城[⑤]——松本法城结婚后也许过得轻松一些。但是直到前段日子他还是出入烤鸡肉串店……

"Appearances are deceitful(人不可貌相)啊。"

粟野意味不明地随声附和了一句,不知是说笑还是

[①] 此处暗指久米正雄(1891—1952),日本小说家、剧作家、诗人。
[②] 电气 Bran,日本的一种混合白兰地的含酒精饮料,价格相对便宜。
[③] 此处暗指菊池宽(1888—1948),日本小说家、剧作家、记者。
[④] 一张榻榻米大小约为 182cm×91cm。
[⑤] 此处暗指松冈让(1891—1969),日本小说家。

当真。

不知不觉，他们走至此处，道路两侧满是杂乱无章的商铺。布满灰尘的装饰橱窗和广告海报剥落的电线杆——虽被称作市，却丝毫未见都市之感。特别是巨大的门式起重机横跨于瓦屋顶上的天空，天空中升腾起黑烟和白色蒸汽，这情景真是足以让人颤抖的荒颓。保吉在草帽檐下眺望着如此景象，对方才自己有意为之夸张写文章谋生之悲剧生出感激。同时，他似乎忘了平日奉行的打肿脸充胖子之举，现今也宣扬起伸在裤兜的手中抓住的那六十余钱。

"老实说，我真想去东京，结果却只有六十余钱。"

保吉坐在教官办公室的桌子前开始备课。但是，诸如日德兰海战[①]的报道此类，即便在平日尚且不能轻松阅读，何况今日因想去东京而心烦意乱之时。他单手拿起英语海军术语辞典刚看了一页，又忧心不已地开始思考兜里的六十余钱……

十一点半的教官办公室里鸦雀无声。十多个教师都

---

① 日德兰海战，发生于1916年，是英国与德国在丹麦日德兰半岛附近海域爆发的一场大规模海战。

去上课了，只留下粟野先生一人。粟野先生就坐在保吉的桌子对面，——话虽如此，他的身影却完全隐匿于隔在两人桌子之间扫兴的书架的一边。然而，烟斗里的淡蓝色烟雾时不时在以白壁为背景的空间里隐隐约约升腾而起，仿佛在证明粟野先生的存在。窗外风景依旧寂然无声。阴云密布的天空里，满布嫩叶的树梢，对面连绵着的灰色校舍，较远处微微泛光的入海口，一切都沉浸在汗津津、愁山闷海的寂静之中。

保吉想抽烟却马上发现，报复了小贩后，全然忘记买烟。连烟都不能抽实在悲惨。悲惨？——也许还算不得悲惨。与为衣食生计所迫的贫民的痛苦相比，惋惜只有六十余钱实在奢侈。但是无论对穷苦农民还是他来说，痛苦的本质其实相同。不，倒不如说他的神经比起贫民则更为敏感，因而必定会饱尝痛苦。而贫民，也未必就是贫民。语言天才粟野先生对凡·高的《向日葵》、沃尔夫①的歌曲，甚至维尔哈伦②的城市诗，都表现得极为冷淡。于这样的粟野先生而言，没有艺术就等同于狗

---

① 沃尔夫，一般指雨果·沃尔夫（Hugo Wolf, 1860—1903），奥地利作曲家、音乐评论家。
② 维尔哈伦，一般指埃米勒·维尔哈伦（Emile Verhaeren，1855—1916），比利时诗人、剧作家。

没有草。但是于保吉而言，没有艺术就等于驴没有草。六十余钱给堀川保吉带来了精神饥渴的痛苦。但是，于粟野廉太郎而言却是无关痛痒。

"堀川君。"

粟野先生叼着烟斗，不知何时走到保吉面前。这倒并不奇怪。只是，不管是他秃顶的额头，近视眼镜后的眼睛，还是修得短短的胡子——如果更夸张一些的话，连油光锃亮的烟斗也透出近似女人娇羞的不合时宜，真是不可思议。保吉吃了一惊，竟一时忘了问"有何事"，只是一直盯着老教官带有少女姿态的面庞。

"堀川君，虽然有点少……"

粟野先生微笑着掩饰窘态，拿出了折成四折的十元纸币。

"这实在有点少，但是请拿着这个买张去东京的车票。"

保吉惊慌失措，他不止一次想象过向洛克菲勒[①]借钱。但是，他做梦也没想过向粟野先生借钱。不仅如此，保吉一下子想起，今早滔滔不绝地向粟野先生解释写文章

[①] 洛克菲勒，一般指约翰·戴维森·洛克菲勒（John Davison Rockefeller, 1839—1937），美国实业家、慈善家，人称"石油大王"。

谋生的悲惨。他红着脸,毫无章法地解释道:

"不,老实说,零用钱……的确没有零用钱……要是去东京的话总会有办法。我已经决定不去东京了……"

"罢了罢了,请收下。这总比没有强。"

"事实上的确没有这个必要。非常感谢,但……"

粟野先生好像有些为难,拿开叼着的烟斗,目光落在了四折的十元纸币上。但是,转眼间,金边的近视眼镜深处再一次浮现出近乎羞赧的微笑。

"是吗?那么下次吧——打扰你学习了。"

粟野先生反倒像借钱不成的人,一把将十元纸币揣回口袋里,立即慌慌张张地退回摆放着词典和参考书的书架后。随后只剩下无力的、令人微微出汗的沉默。保吉拿出镍制表,注视着映在镍制表盖上自己的脸。每当他觉得自己失去了平常心,即便讨厌也会看看镜子里的自己,这是他多年来的习惯。但是,镍制表表盖并不能正确地映照出他的脸。小小的圆形表盖上映出的他的脸整个很模糊,只有鼻子非常大。万幸即便如此,他的心还是渐渐恢复了平静。与此同时,他也渐渐因辜负粟野先生的好意而开始深感抱歉。想起被拒绝的十元纸币,若是他能欣然收下,粟野先生想必会甚是满意。退回那钱的确十分失礼。不仅如此……

在这个"不仅如此"面前,保吉感到犹如直面旋风一般的畏缩恐惧。不仅如此,在诉苦之后又拒绝别人的好意很是卑鄙。若说践踏义理人情尚说得过去,唯卑鄙一事必得避免。但是,借钱这件事——至少可以确信的是一旦借了钱,在二十八号的发薪日之前都无法还上。保吉对于预支了多少稿费满不在乎。但是若是向粟野先生借钱且两周以上都还不上,这比成为乞丐还要令人不快……

犹豫了十来分钟,保吉将怀表收进口袋,几乎像要打架一般意气满满地走到粟野先生的桌子旁边。粟野先生今日也坐在整齐陈列着香烟罐、烟灰缸、点名册、糨糊等物品的桌子前,在烟斗里飘起的烟雾中,悠然自得地沉醉于莫里斯·勒布朗[1]的侦探小说。但是,一见保吉走近,大概是以为保吉想问教科书上的问题,粟野先生合上侦探小说,静静地抬起眼睛看向他的脸。

"粟野先生,方才的十元请您借给我。我考虑再三,还是借一下比较好。"

保吉一口气说完。他好像记得粟野先生一言不发,

---

[1] 莫里斯·勒布朗(Maurice Marie émile Leblanc,1864—1941),法国小说家。

只是站了起来。但是,粟野先生是何种表情,保吉好像没看到。七八年后的今日,保吉只记得粟野先生将宽大的右手伸到他面前。那只手的指尖(尼古丁将粗粗的食指指甲熏成了黄色!)夹着一张叠成四折的十元纸币,带着几分娇羞似的怯生生地递了过来……

保吉下定决心,后天,也就是周一,一定要把十元纸币还给粟野先生。为防万一,再重复一遍,正是这张十元纸币,别无他意。现在已经无法预支钱,又和家人吵了架,即便去了东京,金钱方面显然也是无计可施。于是,为了还十元就必须保存这张十元纸币。为保存这张十元纸币,保吉在稍显昏暗的二等车厢角落里等待着发车的笛声,比今早更为深刻地思考混杂在六十余钱的零钱中的这张十元纸币。

比今早更为深刻,但是并未比今早更为愁云密布。今早保吉只是因没有钱而感到心烦意乱。但是现如今,保吉还生出一种须得归还这样一张十元纸币的道德兴奋感。道德?——保吉不由自主地皱起眉头。不,绝非道德。他只是想在粟野先生面前维护自己的尊严。话虽如此,也并不是说除还债外就没有其他维护尊严的方法。如果粟野先生也热爱艺术——至少热爱文艺的话，作家堀川保吉会尝试创作一篇杰作来保持尊严。如果粟野先生也和我等一样，只是一介语言学者的话，那么教师堀川保吉应该能够通过展示语言学素养从而保持尊严。但是，在对艺术兴味索然，又身为语言天才的粟野先生面前，两种方法都行不通。于是无论保吉讨厌与否，都必须维护身为社会人的尊严，换言之必须还上借的钱。无论如何费事麻烦，也要勉强维护尊严，或许这听起来颇为滑稽。但是，不知何故，尤其在粟野先生面前——那个戴金框近视眼镜、微微驼背的老绅士面前，保吉想要维护自己的尊严……

此时，火车开动了。不知何时，雨打散了乌云，笼罩着微微发蓝的海面上的几艘军舰。保吉如释重负，庆幸只有两三个乘客，久久地仰躺在座椅上。他忽然想起位于本乡的一家杂志社。这家杂志社一个月前寄来一封约稿的长信。但是，保吉讨厌且看不起这家杂志社发行的杂志，因而他至今还未接受那个委托。将自己的作品卖给那种杂志社无异于将女儿卖给妓院。然而，时过境迁，现在看来，或多或少能预支稿费的只有这家杂志社。若是能预支一些钱的话……

保吉抬头看了看从一个个隧道进进出出时车里明暗光影的交替，想象着若能预支到钱将会给予自己怎样的快乐。所有艺术家的享乐皆为自我发展的机会，而抓住自我发展的机会并非有愧天地之行为。这是两点三十分开往东京的快车。为了预支一些钱，只要这样不下车直达东京即可。五十元——至少有三十元，就可以和久未见面的长谷、大友共进晚餐。或许还能去莫伦道夫的音乐会。应该还可以买画布和画具。不，不仅如此。自己也可以不必拼尽全力去保存那张十元纸币。但是，万一无法预支钱呢？车到山前必有路，船到桥头自然直。究竟他为何想要在粟野廉太郎面前维持尊严呢？粟野先生或许是个君子，然而在保吉的精神层面——针对他的艺术热情而言，粟野不过是路边的行人罢了。因路边的行人而失去自我发展的机会？混蛋，这个理论何其危险！

保吉突然颤抖着，从座位上站了起来。这时，火车又穿过了隧道，好似痛苦不已地喷着烟，行进在风雨交加中长满簌簌作响、随风摇摆的绿色芒草的山谷……

次日，即周日的黄昏时分。保吉在租住房间里的旧藤椅上怡然自得地用火点着了烟。他内心满载近来未有的满足之情。之所以满载满足之情这绝非偶然。一则他成功保住了十元纸币。二则他刚收到一封出版社寄来的信件。信里附上了他的著作的版税，一册书五十钱，共卖了五百册。三则——这是最令他意外之事，房东供应的晚饭里居然添了一条盐烤香鱼！

初夏的夕阳萦绕在屋檐上垂落下来的樱花树叶上，萦绕于散落着颗颗樱桃的院子里的沙地上，也围绕在保吉膝盖上的那张十元纸币上。夕阳下，他真切地盯着这张已有折痕的十元纸币。在灰色的蔓草花纹和菊花图案上盖有朱印的十元纸币实在是美不胜收的纸币。即便椭圆形中的头像看上去有些愚蠢，却也远没有平日所想的那般俗不可耐。背面也是——上等的绿色配上茶褐色，比正面更为美轮美奂。若是没有沾上如此之多的污垢，完全可以就这样放进镜框里——不，不只是污垢，大大的"10"字上还有钢笔写的一行小字。保吉悄然拿起十元纸币，看着那几个字念出了声。

"选弥助寿司吗？"

保吉将十元纸币放回膝盖上，而后朝着院子里的夕阳长长吐出一口烟。也许这张十元纸币只不过让涂鸦的那人犹豫是否购买寿司。但是，这广阔世间，或许也有因这张十元纸币而引发的悲剧。实际上，昨日午后，他就在这张十元纸币上赌上了自己的灵魂。但是，那些都已经无足轻重。无论如何，他在粟野先生面前保全了自己的尊严，而五百册的版税也足够发薪日之前的花销。

"选弥助寿司吗？"

保吉如此嘟囔着，再次情真意切地盯着十元纸币，宛如回首看向昨日征服的阿尔卑斯山的拿破仑一般。

1924 年 8 月

大岛寺信辅的前半生
——某种精神的风景画

一、本所

大岛寺信辅出生于本所的回向院①附近。那里，在他的记忆之中，没有一条美丽的街道、没有一栋漂亮的房

---

① 本所的回向院，位于东京都墨田区东两国町的净土宗的寺庙。

子。尤其是他家附近，尽是些制作地窖保险箱的木匠铺、粗点心铺、旧家具店之类。这些人家房前的道路终年泥泞不堪，且道路的尽头是御竹仓①的大水沟。漂浮着浮萍、藻类的大水沟，总是散发出一股恶臭。毫无疑问，面对这样的街道，他不能不郁郁寡欢。然而，本所之外的街道则让他更为无法接受。自居民区众多的山手区起，直到那整洁的店铺鳞次栉比，沿袭自江户时代的下町②一带，都让他有种扑面而来的压迫感。比起本乡、日本桥，他更为喜爱清清静静的本所，喜爱回向院、驹止桥、横网、排水渠③、榛木马场、御竹仓的大水沟。或许与其说是爱，毋宁说是近乎怜悯的一种情结。但是，就算是怜悯也罢，即便三十年后的今天，时常让他魂牵梦萦的仍旧是这些地方……

信辅自打记事以来，就无休止地热爱着本所的街道。就连行道树都没有的本所街道常年尘土飞扬，但是，教会幼年信辅何谓自然之美的仍旧是本所的街道。他是在杂乱无章的道路上吃着粗点心长大的少年。乡下，特别

---

① 御竹仓，墨田区横网一丁目附近的俗称。
② 下町，都市中土地低洼处的城镇，多为商业和工业区。东京指的是浅草、下谷、神田、日本桥、京桥、本所、深川等地区。
③ 位于本所，自江户时代起便存在。

是有许多水田的本所东边的乡下，对于如此培养长大的少年毫无吸引力。这是因为，与其说目之所及皆为自然之美，毋宁说所见皆为自然之丑。纵使本所的街道缺乏自然景致，但是点缀有花朵的屋顶上的草与水洼里倒映的春日云彩，凡此种种皆呈现出一种让人怜爱之美。因着这些事物之美，他不知不觉中爱上自然。话虽如此，让他逐渐留心于自然之美的并非仅限于本所的街道，还有书本。毫无疑问，他小学时代虽阅读数遍却仍旧爱不释手的德富芦花[①]的《自然与人生》和卢伯克[②]的《自然之美》（*The Beauties of Nature*）的译作都给予了他启发。但是，对他欣赏自然影响最为深远的，的确仍是本所的街道。那无论房子、树木还是街道都看起来寒酸破败的街道。

多年之后，他时常去往本州岛的各地进行短途旅行。然而，木曾粗犷的自然风景时常让他心神不宁。濑户内海典雅温柔的自然景象又时常令他觉得索然无味。比起这些自然风景，他无疑更为喜爱寒酸破败的自然风景。

---

① 德富芦花（1868—1927），日本小说家，本名德富健次郎。《自然与人生》是德富芦花受到基督教影响而写成的自然小品集。
② 卢伯克，一般指约翰·卢伯克（John Lubbock, 1834—1913），英国自然学家、生物学家、考古学家。

尤其是那些在人工文明中气息奄奄的自然。三十年前的本所仍旧处处残存着自然之美，例如污水沟里的柳树、回向院的广场、御竹仓的杂树林等等。信辅无法像他的朋友们一样去日光和镰仓。但是，每日早晨，他都会与父亲一起在他家附近散步。这对当时的信辅来说实在是莫大的幸福。然而，他却又羞于在朋友面前得意地讲述此种幸福。

一个朝霞将散的清晨，他和父亲如往日一般去百本杭散步。百本杭是大川河岸边垂钓者众多之地。然而，那日早晨所见之处竟无一垂钓者。开阔的河岸上只有海蟑螂在石垣之间蠕动。他正想问父亲今日早上为何没人钓鱼。但是，还没等开口，他一下子发现了答案。朝霞照耀下的摇晃的河浪间，有一具光头尸体漂浮在积满腥臭水草和附着有垃圾的杂乱木桩之间。那日早晨的百木杭，至今仍旧历历在目。三十年前的本所在多愁善感的信辅心中留下无数值得追忆的风景画。然而那日早晨的百木杭——这张风景画同时也是本所大街小巷在信辅心中投射下的心理阴影的全部。

二、牛奶

信辅是一名没有喝过母乳的少年。原本身体孱弱的母亲生下他这个独子后，没有喂过他一滴奶。不仅如此，家中贫穷之故，也请不起乳母。因此，信辅自打出生后就一直喝牛奶长大。对那时的信辅来说，这是不得不深恶痛绝的命运。他对每天早晨送到厨房的牛奶瓶不屑一顾。他羡慕那些什么都懵懵懂懂，却知道母乳滋味的朋友。信辅上小学之时，年轻的婶婶在新年过后还是什么日子来他家时，因涨奶而难受。她想把奶水挤在黄铜的漱口杯里，却怎么也挤不出来。婶婶皱着眉头，半开玩笑似的对他说："小信能帮婶婶吸出来吗？"然而，喝牛奶长大的他根本不知道如何吸奶。最后，婶婶找到邻居家的孩子——制作地窖保险箱的木匠家的女孩帮她吸那涨得硬邦邦的乳房。婶婶半个球一样高高隆起的乳房上面布满了青色静脉。生来腼腆的信辅即便知道吸食奶水的方法，也绝不会去吸婶婶的奶。但是，无论如何，他仍然记恨邻居家的女孩，同时也记恨让邻居家女儿吸奶的婶婶。这桩小事在他的心里留下了沉重阴郁的嫉妒。但是，或许除此之外，信辅的 Vita sexualis（性欲生活）早在那时已经萌动……

信辅觉得自己只知瓶装牛奶而不知母乳很是丢人现眼。因此这是他的秘密，不会向任何人透露的一生最大的秘密。对当时的他而言，这个秘密还同某种迷信有所关联。信辅是一个脑袋大大，身材却瘦削得可怕的少年。不仅容易害羞，就连看到肉铺里磨得锃亮的刀，他都会觉得心惊肉跳。在这点上——尤其是这一点，与穿越过伏见鸟羽之战的枪林弹雨,平素自诩骁勇的父亲[1]截然不同。不知从几岁起，也不知依据何种逻辑，他将自己不像父亲的原因全部归咎于牛奶。不……他还坚信自己体弱多病也是因为喝牛奶长大。若都是牛奶的缘故，那么自己一旦稍稍示弱，朋友们必定会看穿自己的秘密。因此，信辅无论何时都会响应朋友们的挑战。当然，挑战不止一个：有时他不撑竹竿就越过御竹仓的大水沟；有时他不用梯子就爬上回向院里高大的银杏树；有时他会和自己朋友中的一人大打出手。信辅面对着大水沟，已经感觉到膝盖在打哆嗦。但是他仍旧紧闭双眼，拼尽全力纵身越过了漂着浮萍的水面。这种恐惧和踟蹰也会在他即

---

[1] 芥川生父新原敏三当时作为长州兵参加了伏见鸟羽之战。

将爬上回向院的大银杏树或是要和某个朋友拳脚相向之时倏然袭来。不过,每当这个时候,他都能够勇猛果敢地克服这种胆怯和犹豫。要说这些皆源自迷信也无妨,这千真万确是斯巴达式训练。这种斯巴达式训练,在他的右膝留下了一生都抹不去的伤痕。恐怕对他的性格也是……信辅至今还记得父亲威势赫赫地训斥他的话:"你明明胆小懦弱,却做什么都一意孤行!"

幸而,他的这种迷信逐渐消失。不仅如此,他还在西欧史中发现类似他的迷信的反例。书中一节记载着,哺乳罗马建国者罗慕路斯①的是一只狼。自那以后,他就不再对没喝过母乳这件事耿耿于怀。不,不如说喝牛奶长大这件事成为了他的骄傲。信辅还记得,刚升初中的那年春天,他和上了年纪的叔父②一起去往当时叔父经营的农场。记忆尤为深刻的是,当时他好不容易才把穿制服的胸口贴上栅栏,将干草喂给朝自己走来的白牛。白牛抬头看着他,一声不吭地将鼻子凑近干草闻了闻。当他盯着牛,发现牛的眼睛里有些和人类极其相似的东西。

---

① 相传罗马的创立者罗慕路斯是母狼养大。
② 叔父,这里指芥川生父——新原敏三。芥川出生时,新原敏三已经年过四十。

是幻想?——或许是幻想……然而至今为止,在信辅的记忆里,有一头大白牛仰头凝视着在杏花盛放的树枝下,倚在栅栏边的他,好似饱含深情,恋恋不舍地凝视着……

三、贫穷

信辅家十分贫穷。话虽如此,他家却并非像杂居在长栋平房里的下层阶级那般贫穷,而是为维持体面而不得不受苦的中流下层阶级的贫穷。身为退休官员的信辅父亲①,除去那点存款的利息,一年五百元的养老金要维持包括女佣在内一家五口的生计。所以一家人不得不省之又省。他们住在带有小庭院的独门独户的房子里,加上玄关一共五个房间。然而不管是谁都难得有一件新衣服。父亲经常在晚饭时小酌,然而那不过是羞于用来待客的粗酒。母亲的和服外套之下也遮掩着满是补丁的腰带。至于信辅——他至今还记得那张散发着清漆臭味的书桌。书桌虽然是买的二手货,但是上面覆盖着绿色绒布,

---

① 这里指芥川的养父芥川道章。

抽屉的金属把手闪着银光,乍一看尚算齐整。然而实际上,绒布很薄,抽屉的开合也不顺畅。与其说这是他的书桌,倒不如说这是他家的象征。不得不一直维持体面的他的家庭生活的象征……

信辅对这种贫穷深恶痛绝。不,直至今日,那时的憎恨仍在他心底留有难以消散的余响。他买不起书、上不起暑期补习学校甚至穿不起新大衣。但是他的朋友们却人人都享有这一切。他对他们羡慕不已,甚至偶尔还会对他们心生嫉妒。但是信辅不肯承认这种羡慕和嫉妒。因为他对无甚才能的他们不屑一顾。然而对贫穷的憎恨却没有因此而改变分毫。他憎恨破旧的榻榻米、有着昏暗灯光的电灯、推拉门上即将剥落的画着常春藤花纹的唐纸[①]——憎恨家里所有看起来寒酸破败的玩意儿。但这尚算好的。他甚至因生活寒酸,憎恶生养他的父母。特别是憎恨着比他还矮的秃头父亲。父亲常常参加信辅学校的家长会,信辅觉得在同学朋友的面前见到这副模样的父亲是奇耻大辱。与此同时,他也对自己嫌弃骨肉至亲的父亲的这种心理上的卑劣感到羞愧难当。他模仿国

---

① 唐纸,自中国传入日本的纸,或者日本模仿制成的纸。

木田独步[1]所写的《不自欺录》中一页泛黄的稿纸上留下了这样一段话：

"予不能爱予之父母乎。非也，非不能爱也。虽予爱父母其人，非爱父母之样貌。以貌取人乃君子之耻也。遑论父母之样貌？然，无论如何，予仍不得爱父母之样貌……"

但是比起这种寒酸破败，他更加憎恨贫穷所致的虚伪。母亲曾用"风月堂"[2]点心盒装上蜂蜜蛋糕送给亲戚。但是，里面装的哪是"风月堂"的糕点，不过是附近点心铺里买的蜂蜜蛋糕罢了。父亲亦如此——父亲何等煞有介事地教导他"勤俭尚武"。根据父亲的教诲，除了一本破旧的《玉篇》外，甚至买一本《汉和词典》也是"奢侈文弱"！不仅如此，信辅也是谎话连篇，这点比之父母毫不逊色。每月五十钱的零用钱，但凡能够多弄到一分钱，信辅就会去买自己求之若渴的书本和杂志。有时说弄丢了找零的钱；有时说要买笔记本；有时借口说要交学生会费，总而言之，他会想方设法找到借口来骗走父母的钱。要是这样仍旧拮据之时，他便会用花言巧语

---

[1] 国木田独步（1871—1908），日本小说家、诗人、记者。
[2] "风月堂"，日本著名的老字号点心店。

讨父母欢心，提前拿到下个月的零用钱。信辅特别会巴结谄媚疼惜他的老母亲。当然，于信辅而言，无论是自己的谎言，还是双亲的谎言，都令他自己深恶痛绝。但是，他还是撒了谎，大胆而狡猾地撒了谎。那是因为撒谎对于信辅来说比任何事情都更为必要。与此同时，撒谎无疑能给予他一种病态的愉快之感——一种近乎弑神的愉悦之感。的确在这点上，他与不良少年如出一辙。他在《不自欺录》的最后一页上留下了如下数行文字：

"独步言倾慕爱恋。予却怨怼憎恨。恨贫穷，恨虚伪，予恨一切之恨……"

这是信辅的肺腑之言。不知始于何时，他也憎恨起自己对贫穷之恨来了。这种双重闭环的恨意始终折磨着二十岁以前的他。话虽如此，他也并非毫无幸福可言。每次考试他总能考前三四名。也有低年级的美少年向他主动示好。然而于信辅而言，这些不过是阴云蔽日之中漏出来的一星半点的阳光。憎恶比任何情感都强烈地摧毁着他的心。不仅如此，不知何时这份憎恶在他的心中留下了难以平复的印记。即便在摆脱贫穷之后，他也一如既往地对贫穷恨之入骨。同时，他像憎恨贫穷一般憎恨奢侈。这种对于奢侈的憎恨，是中下流阶层的贫困留给他的烙印。抑或说，这是只有中下流阶层贫困才能给予的印记。时至今日，信辅仍感受到自己心中的这种憎恨，憎恨不得不与贫困做斗争的 Petty Bourgeois（小资产阶级）的道德层面的恐惧……

刚从大学毕业的那年秋天，信辅前往正在就读法律系的一位友人家拜访。他们在墙壁和推拉门都贴着陈旧不堪的唐纸的一间八张榻榻米大小的厅堂里聊天。少顷，一位六十岁左右的老人露了面。信辅看到这位老人的脸——酒精中毒的老人的脸，直觉判断——这是一位退休官员。

"这是家父。"

他的朋友言简意赅地介绍了这位老人。老人倨傲地对信辅的问候置若罔闻。在他走进里屋之前，说了句："那里有椅子，请坐下来慢慢聊吧。"晦暗的走廊里的确并列摆放着两把带扶手的椅子。不过，椅背很高，红色靠垫也已褪色，看样子是半个世纪前的旧物。信辅从这两把椅子上感受到了整个中流下层阶级。同时也感觉到，他的朋友也同他一样，因这样的父亲而羞愧。这桩小事也苦涩而清晰地留在他的记忆之中。这些思想或许从此在他心里投射下盘根错节的阴影。但是，他首先是退休官员之子。比起下层阶级的贫困,他是生来就必须忍受虚伪的中流下层阶级贫困的一人。

四、学校

学校给信辅留下的也唯有晦暗消沉的记忆。他在读大学之时,除却不用记笔记的几门课程外,对学校的其他课程毫无兴趣。对于信辅来说,初中到高中,高中到大学,念完几个学校,不过是摆脱贫穷的唯一救命稻草罢了。然而信辅在中学时代并不承认这一事实,至少从未明确承认过。但是自中学毕业起,贫穷带来的威胁就像遮天蔽日的阴云一般笼罩在信辅心头。他在上大学和高中之时,曾屡次计划辍学。然而伴随贫穷而来的威胁每次都预示出灰暗的未来,轻而易举将他辍学的打算化为泡影。毋庸置疑,信辅憎恨学校,尤其是束缚颇多的中学。从门卫传来的喇叭声是何等残酷无情!操场上枝繁叶茂的杨树又是何等令人神伤!欧洲历史的大事年表、没有实验的化学方程式、欧洲某城市的人口数量……学习的皆是百无一用的琐碎知识。只要稍加努力,学习这些并不困难，然而想要忘记这些知识是琐碎而无用的这一事实却有些困难。陀思妥耶夫斯基[1]曾经在《死屋手记》中如此比喻：倘若强迫囚犯做一些无用功，譬如将第一个桶里的水倒进第二个桶，再将第二个桶里的水倒进第一个桶，囚犯便会自杀。信辅在灰蒙蒙的校舍里、在树影婆娑的一丈高的杨树下，体会到了这些囚犯所遭受的精神之苦。不仅如此……

不仅如此，他最憎恶的老师也是中学老师。老师们作为普通人肯定并非坏人。但是，他们所承担的"教育责任"——特别是拥有处罚学生的权利使他们自然而然成为暴君。他们为将自己的偏见深植于学生心中，不择手段。他们之中，有一位诨名"达摩"的英语老师，经常以"傲慢"为理由体罚信辅。然而，所谓"傲慢"只不过是因为信辅阅读国木田独步和田山花袋[2]的作品。他们之中尚有一位左眼装着义眼的国文老师。这个老师因信辅对武术和竞技运动比赛不感兴趣而很是不悦。因此多次嘲讽信辅："你是女人吗？"有时，信辅会火冒三丈地反问："老

---

[1] 陀思妥耶夫斯基（1821—1881），俄国作家。
[2] 田山花袋（1871—1930），日本小说家，本名田山录弥。日本自然主义文学的代表作家。

师是男人吗？"因他的傲慢无礼，老师自然会施以严惩。其他种种，只要重新通读一遍那本纸张已然泛黄的《不自欺录》，就能知晓他承受过的折辱不胜枚举。自视甚高的信辅，为争一口气，总是会反抗这种屈辱。如若不然，他会像所有的不良少年一样自轻自贱。他的自我激励之法门，无疑可以在《不自欺录》中找到：

> 余虽蒙受诸多恶名，然细究有三。
> 其一文弱。所谓文弱，则视精神力量远胜肉体力量。
> 其二轻佻浮薄。何谓轻佻浮薄，即钟爱功利之外之美好事物。
> 其三傲慢。傲慢之为物，乃他人面前坚守自己之信念。

不过，也并非所有的老师都欺负他。老师之中，有人曾经招待信辅参加家庭茶话会；也有人曾经借给他英文小说。他一直记得，四年级毕业时，在借来的书中找到了《猎人笔记》的英译本，欢天喜地地读了起来。但是，"教育上的责任"常常妨碍老师与普通人之间的亲密来往。这是因为接受他们好意的同时也潜藏着向他们的权力谄媚的卑劣，又或是潜藏着对他们的同性爱倾向的婢膝奴颜。信辅每每见到他们，总觉得手足无措。不仅如此，有时候还会不自然地伸手掏香烟盒，或是吹嘘自己买站票看戏的一些鸡毛蒜皮的小事。这些老师自然会将这种漫不经心解读为出于傲慢。他们这般理解也情有可原。原本信辅就并非一个讨人喜欢的学生。从压箱底的旧照片来看，他是一位看上去弱不禁风、脑袋大得与身体极不协调，眼睛却炯炯有神的少年。这个面色苍白的少年总是不停提出稀奇古怪的问题，以为难本本分分的老师为最大的快乐。

每次考试，信辅都能获得高分，而操行成绩却从未超过六分。他从这个阿拉伯数字 6 上感受到办公室里的老师们的冷笑。事实上，老师们以操行分数为盾牌从而嘲笑他也是家常便饭。他的成绩因为这个六分，一直无法超越第三名。他憎恨这种报复行为，也憎恨如此报复他的老师。直至今日——不，现如今，不知不觉间信辅已经忘记当时的憎恨。但是，上中学时，这对他来说是一场噩梦。不过噩梦未必就是不幸，至少他因此养成了能忍受孤独的性格。若非如此，他下半辈子所经历的痛苦或许较今日更甚。他好似做梦一般成了一名作家，出版了几本书。然而，最终他所得到的却只有落寞和孤独。在对孤独习以为常的今日——或者说在他已然明白除却对孤独安之若素之外，别无他法的今日，回忆二十年前的过往，曾经让他痛苦不堪的中学校舍却横躺在一片美丽的蔷薇色的熹微晨光之下。唯有那操场上的杨树一如既往郁郁葱葱，寂寞的风穿过树梢发出声响……

五、书籍

信辅对读书的热爱始于小学时代。点燃信辅阅读热情的是压在他父亲书箱底部的那本帝国文库本《水浒传》。这个脑袋大大的小学生在昏暗的灯光下，一遍又一遍读《水浒传》。不仅如此，即便合上书本，他脑子里仍然想象着替天行道的旗帜、景阳冈的猛虎、菜园子张青在屋梁上悬挂的人腿。想象吗？——可这种想象却比现实更为真实。他曾经数度手提木剑，在挂着晒干菜的院子里和《水浒传》中的人物——一丈青扈三娘、花和尚鲁智深一较高下。三十年来，这种热情持续支配着他。他记得他曾多次彻夜看书。不,不仅如此,无论是坐在书桌前、车上,还是如厕之时——甚至有时连走路之时,他也手不释卷,醉心于读书。当然,看完《水浒传》之后他再没拿起那柄木剑。然而,他却曾多次因书里的情节或笑或哭。换言之,这是一种"代入",自己化身为书中人物。他就像古印度的释迦一样无数次轮回转世。他变成了伊凡·卡拉马佐夫①、哈姆雷特、安德烈公爵②、唐·璜③、梅菲斯特④、列那狐⑤等等。——且其中一部分并非一时的醉心忘我。一个晚秋的午后,他为讨要一些零花钱,去拜访上了年纪的叔父。叔父是长州萩⑥生人。于是他故意在叔父面前滔滔不绝地谈论明治维新的大业,对上自村田清风⑦,下至山县有朋⑧的长州人才大加赞誉。然而,

---

① 伊凡·卡拉马佐夫是俄国作家陀思妥耶夫斯基创作的长篇小说《卡拉马佐夫兄弟》中的主要人物,无神论者。
② 安德烈公爵是俄国作家列夫·托尔斯泰创作的长篇小说《战争与和平》的主要人物。
③ 唐·璜是西班牙传说中一个家喻户晓的人物,以风流放荡著称。
④ 梅菲斯特是德国作家歌德在其著作《浮士德》中创造出的魔鬼。
⑤ 《列那狐》是德国作家歌德根据中世纪民间流行的列那狐故事改写而成。主人公是一只狡猾的狐狸。
⑥ 明治维新中的很多能人志士皆出生于此地。
⑦ 村田清风(1783—1855),江户时代末期的长州藩士,"天保改革"的代表人物之一。
⑧ 山县有朋(1838—1922),日本陆军军人、政治家。

这个满脸虚伪感激、面无血色的高中生，与其说是当时的大岛寺信辅，毋宁说是《红与黑》①一书中的主人公——年轻的于连·索雷尔。

如此，这样的信辅自然一切皆是从书里学来的。至少于信辅而言，没有一件事未曾借助书本的力量。事实上，他并没有通过观察行人来理解人生，反倒是，他试图通过书本了解人生，以便看透行人。这或许可称为理解人生的迂回之策。但是，于他而言，街头行人不过是行人。他为了了解他们——理解他们的爱，理解他们的憎恨，理解他们的虚荣心，除读书外别无他法。书籍——尤其是阅读诞生于世纪末欧洲②的小说和戏剧，使他在冷峻的光芒中，终于发现了展现于他面前的人间喜剧。不，毋宁说是让他发现了自己善恶不分的灵魂。这并不只局限于人生。他也因此而发现了本所的大街小巷的自然之美。但是，将他欣赏自然的眼光磨砺得更为敏锐的果然还是他钟爱的几册书——尤其是元禄时代的俳谐③。正是

---

① 《红与黑》为法国作家司汤达（Stendhal，1783—1842）的代表作。
② 指19世纪末。19世纪末的欧洲文艺中颓废主义、唯美主义极为盛行。
③ 俳谐，盛行于日本江户时代的文学形式，也写作诽谐。

因为他读过那些俳句，"都城近处现山形"①、"郁金②田里渡秋风"③、"时雨骤来渔船急"④、"黑夜掠过苍鹭啼"⑤，这才发现了在本所的街头巷尾从未见过的自然之美。此种"由书籍到现实"，于信辅来说往往是真理。他在自己的前半生中，也曾对几个女子心生过爱慕。但她们之中未有一人教会他女性之美，至少丝毫未让他领悟书本之外的女性之美。透过戈蒂耶⑥、巴尔扎克⑦、托尔斯泰⑧的作品，信辅才领略到"透着阳光的耳朵"和"落在脸颊上的睫毛影子"的女性之美。因而时至今日，女性仍旧在向信辅传达此种美。若非从书本里学会了这些，可能他只知雌性而非女人……

然而，贫穷的信辅终究无法随心所欲购买自己想看的书。他费尽心思，得以从如此困境之中解脱出来的办

---

① 江户时代前期俳句诗人惟然的作品。
② 郁金，与百合科郁金香属植物郁金香不同，是一种中药。
③ 江户时代前期俳句诗人凡兆的作品。
④ 江户时代前期俳句诗人去来的作品。
⑤ 江户时代前期俳句诗人松尾芭蕉（1644—1694）的作品。
⑥ 戈蒂耶一般指泰奥菲尔·戈蒂耶（Théophile Gautier，1811—1872），法国浪漫主义诗人、小说家。
⑦ 巴尔扎克，一般指奥诺雷·德·巴尔扎克（Honoré de Balzac，1799—1850），法国现实主义小说家，被称为"现代法国小说之父"。
⑧ 托尔斯泰，一般指列夫·尼古拉耶维奇·托尔斯泰（1828—1910），俄国小说家、哲学家。

法有三：第一借助图书馆，第二则是租书店，第三是甚至让别人嘲讽吝啬的节衣缩食。他记忆犹新——面朝大水沟的租书店，慈祥的租书店老婆婆，还有老婆婆当作副业所做的花簪。老婆婆相信这个终于上小学的"小少爷"天真无邪。但是，这个"小少爷"却在不知不觉中发明了一种假装找书却实际上偷偷看书的办法。他还清楚地记得，二十年前旧书店一家紧邻着一家，挤得满满当当的神保町大街，以及越过旧书店屋顶可以看到沐浴着阳光的九段坡的斜坡。当然，当时的神保町不仅没有通电车，甚至连马车也没有。信辅——一个十二岁的小学生，腋下夹着便当和笔记本，为了前往大桥图书馆，无数次在那条道路上往返。从大桥图书馆到帝国图书馆，往返两地有一里半的路程。他还记得对帝国图书馆的第一印象——他清楚记得，他对高高的天花板的恐惧，对宽大的窗户的恐惧，对占满无数椅子的无数读者的恐惧。但是，幸而去过两三回后，这种恐惧就消失了踪影。很快，他就对阅览室、铁楼梯、书籍目录箱、地下食堂产生了亲近感。后来，他奔波于大学图书馆和高中图书馆。他从这些图书馆里不知借阅过几百册书。他又不知爱上其中的多少本书。但是——

但是，他最为爱不释手的始终是他自己购买的书籍。无论内容如何，自己购买的书本身就叫他欢喜。为了买书，信辅从不去咖啡厅。即便如此，他的零用钱也总是不够用。为此，他不得不去教亲戚家的中学生数学，每周三次。纵使如此，钱仍不够用之时，他就不得不卖书。然而，即便是新书，卖书价格从未超过买书价格的一半。不仅如此，将自己珍藏多年的书卖给旧书店，这对信辅来说常常会成为悲剧。某个细雪飘飘的晚上，他在神保町大街一家接着一家地逛旧书店。他在一家旧书店发现一册《查拉图斯特拉如是说》[①]。那并非一册普通的《查拉图斯特拉如是说》，而是大概两个月前他卖掉的那册沾满他手上污垢的《查拉图斯特拉如是说》。他伫立在书店内，仔仔细细地翻阅着这册旧的《查拉图斯特拉如是说》，越读越是感到怀念。

"这册书多少钱？"

站了十来分钟，他拿着《查拉图斯特拉如是说》去问书店老板娘。

"一元六十钱，算您便宜一点！一元五十钱吧。"

信辅想起，这本书他那时卖了七十钱。最终一番讨

[①] 《查拉图斯特拉如是说》是德国哲学家尼采（1844—1900）创作的哲学著作。

价还价后，他以卖价的两倍——一元四十钱，又将书买了下来。雪夜的道路上，无论是街道两侧的家家户户，还是路上的电车，都格外寂静。他走过如此寂寥的街道，风尘仆仆地赶回本所的路上，一直惦记着揣在怀里的那本深灰色封面的《查拉图斯特拉如是说》，与此同时，嘴里还不断地自嘲……

六、朋友

信辅不与无才能之人相交。即便如何正人君子，除品行之外毫无长处的青年，对他来说不过是百无一用的路人。不，毋宁说他们是信辅每每见到都忍不住嘲弄的跳梁小丑。于操行分仅六分的他来说，这无疑是必然的态度。初中至高中，高中到大学，在这几个阶段，他一直嘲笑着那些人。当然，他们之中有人因这种嘲笑而勃然大怒。然而，也有人是十足的正人君子，以至于对于他的嘲笑无动于衷。他对自己被贬为"令人讨厌的家伙"，时常多多少少有些沾沾自喜。然而，当无论如何嘲讽对方，都得不到任何回应，他便会愤怒不已。其实，曾有这样一位君子——某高中的文科学生，利文斯通[①]的崇拜者。跟他住同一宿舍的信辅曾有一次煞有介事地跟他瞎说，连拜伦[②]读了利文斯通的传记都感动得流泪不止。自那以后，至今已经过去了二十年，那个利文斯通的崇拜者在某基督教会机关刊物上，一如既往地歌颂利文斯通。不仅如此，他的文章以这样一行字开篇："就连恶魔诗人拜伦读了利文斯通的传记都感动得流泪，这给予了我等何种启示呢？"

信辅不与无才能之人相交。即便并非君子，若对知识没有强烈渴求的青年，对他来说仍旧不过是无用的路人。他不求朋友的温柔善良。即使他的朋友是缺乏青年人的炽热心肠，也无甚关系。不，莫不如说所谓的好友让他心生恐惧。因而，他的朋友都必须有头脑。有头脑——有坚实聪明的头脑。他喜欢头脑聪慧之人胜过任何美少年。与此同时，比起各种各样的君子，他则更为痛恨头脑聪慧之人。事实上，他的友情总是或多或少在爱意之中孕育着憎恨的一种热情。直至今日，信辅依然坚信除却此

[①] 利文斯通，一般指戴维·利文斯通（David Livingstone，1813—1873），英国探险家、传教士、医生。

[②] 拜伦，一般指乔治·戈登·拜伦（George Gordon Byron，1788—1824），英国浪漫主义诗人。

种热情外没有友情。至少他相信除却此种热情外，没有不掺杂 Herr und Knecht（主仆关系）倾向的友情。何况当时他的朋友，从另一方面说，正是与他势如水火的死敌。他以自己的头脑为武器，不断与他们斗争。惠特曼[①]、自由诗、创造的进化[②]——战场几乎遍及各处。在这些战场上，他有时打败他的朋友们，有时被朋友们打败。此种精神战斗，毫无疑问正是他为获取杀戮的喜悦而采取的行动。然而，在此过程中，自然而然出现了新观念和新的美之形态也是事实。凌晨三点的烛光如何照亮了他们的论战，武者小路实笃[③]的作品又是如何左右了他们的论战——信辅的记忆始终鲜明。九月的一个夜晚，数只大飞蛾朝蜡烛聚集而来。飞蛾自深沉的黑暗之中突然绚烂而生。然而，一旦触到烛火，它们便令人难以置信地、啪嗒啪嗒地从空中落下死了。即便现今，可能这也算不上如何有价值的稀奇事。但是直至今日，信辅一想起这桩小事——一想起那不可思议的美丽飞蛾的生与死，不知为

---

① 惠特曼，一般指沃尔特·惠特曼（Walt Whitman, 1819—1892），美国诗人、散文家、人文主义者。
② 法国作家、哲学家亨利·柏格森（Henri Bergson, 1859—1941）著有《创造进化论》一书。柏格森曾荣获诺贝尔文学奖。
③ 武者小路实笃（1885—1976），日本人道主义小说家、诗人、剧作家、画家。

何，他的内心深处就会涌出几分形影相吊之情……

信辅不与无才能之人相交。标准唯此而已。不过，这一标准并非完全没有例外。那就是断绝他和朋友之间关系的社会阶级的差距。信辅对与他生长环境相似的中层阶级青年并未有任何介怀之处。但是，他会对自己有所了解的那寥寥无几的上层阶级青年，有时甚至会对中流上层阶级青年，玄而又玄地产生好似陌生人一般的憎恨之情。这些人之中，有人好逸恶劳，有人胆小如鼠，有人纵情于犬马声色。但是，他的憎恨并非仅仅因为这些。不，比起这些，毋宁说是因为"某些"说不清道不明之物。事实上，他们中的一些人也在毫无意识的情况下憎恨着这"某些"。正因如此，他们对下层阶级——对他们的社会性对跖点，有种近乎病态的向往。信辅同情他们。然而，这种同情毕竟无济于事。每当信辅要与他们握手之前，这"某些"总会如同针一般刺痛他。记得四月一个刮着寒风的午后，当时还是高中生的信辅和他们中的一人——一位男爵家的长子，一起伫立在江之岛的悬崖之上。眼下便是波涛汹涌的海滨。他们为几个"潜水"少年扔出了不少枚铜板。每当铜板掉进海里，少年就扑通、扑通……跳进海里。然而，有一个渔女站在崖下焚烧着海藻和其他残枝败叶的火堆前，只是笑着眺望海面。

"这回让那个家伙也跳下去。"

信辅的朋友将一枚铜币包裹在香烟盒里的锡箔纸里，突然一转身，拼尽全力将铜币扔了出去。铜币闪闪发光，落进了风急浪高的大海里。于是在那一瞬间，渔女抢先跳进了海里。他的朋友嘴角浮现出残忍的微笑，信辅至今仍旧记忆犹新。朋友拥有出众的语言才能。但是，他也确有远超常人的锐利犬齿……

（未完待续）

附记：此篇小说原计划再续写如今的三四倍篇幅。仅此次发表的内容与《大岛寺信辅的前半生》这一文题并不切合。因无其他文题可替，于是不得已沿用此文题。若能将该小说视作《大岛寺信辅的前半生》的第一篇，则再好不过。

大正十三年（1924年）十二月九日，作者记。

1924年12月

早　春

　　大学生中村感受着薄薄的春装外套下自己的体温，沿着昏暗的石台阶登上了博物馆①二楼。走上台阶，左侧是爬虫类标本室。进去前，中村看了一眼金腕表，"幸好还没到两点，竟然没迟到。"中村如此想着，与其说

---

① 位于东京上野公园内的国立博物馆。

如释重负，不如说竟觉得有些吃亏。

爬虫类标本室里鸦雀无声，今天连保安也没有来回巡视。室内只有让人心生寒意的防虫剂的味道弥漫空中。中村看了看室内的情况后，像深呼吸似的伸了个懒腰，然后站在一个巨大的玻璃柜前，玻璃柜里是一条南洋大蛇正盘踞在一截粗壮的枯木上。自去年夏天以来，这个爬虫类标本室就是他与三重子见面的场所。这并非因为他们有何病态的喜好，只是为避人耳目而不得已为之。公园、咖啡厅、车站——这些地方都只会让胆怯心虚的他们深感困扰。尤其是刚刚成年的三重子，大概更是觉得难上加难吧。在那些场合下，他们似乎觉得有无数人的视线集中于他们的后背。不，连他们的心脏都被别人看得一清二楚。而在这个标本室里，除被做成标本的蛇和蜥蜴外，没有一个人看着他们。偶尔遇到保安或者前来观展之人，他们的灼灼视线落在脸上的时间不过数秒……

约定的时间是两点。腕表的指针也不知不觉指向了两点。今天一定不会让她再等了，中村一边如此思忖，一边观赏着爬虫类标本。然而他心里全无半点喜悦的悸动。毋宁说是一种对尽义务死心认命一般的心情充斥他的内心。难道他像天下所有男人一样，对三重子心生厌倦了吗？然而感到厌倦的前提是不得不总是面对同一张面孔。不知是幸运抑或不幸，今天的三重子完全不同于过去的三重子。过去的三重子——坐在山手线的电车里，仅与他对视并致意的三重子的确是个温文尔雅的女学生。不，最初与他一起去往井之头公园的三重子还是个温柔善良且带有几分落寞的女孩……

中村又看了一眼腕表，已经两点零五分。他稍稍踌躇了一下，走进了隔壁的鸟类标本室。金丝雀、锦鸡、蜂鸟——他透过玻璃看着大大小小的精致鸟类标本。三重子也如同这些鸟一样，空有皮囊，而灵魂之美却不复存在。他真切地记得，此前与三重子见面之时，她一直嚼着口香糖。再上一次见面时她不停哼唱着歌剧的曲子。让他尤为惊讶的是，一个多月前，与他见面的三重子大开玩笑，甚至声称枕头是足球，一脚踢到了天花板上……

手表显示两点十五分。中村长叹一声，回到爬虫类标本室，却依旧遍寻不获三重子的身影。他松弛了下来，对面前的大蜥蜴戏谑地道了声"回见"。大蜥蜴自明治某年以来，便永远是这般叼着小蛇的模样。永远——但是他无法永远等待。他盘算最多待到两点半就立马离开博物馆。樱花虽然尚未盛开，但是上野公园两大师堂前①那些伸向阴沉天空的繁茂树枝上已经缀满红色花蕾。在这样的公园里散步，必定比和三重子一起出门要幸福得多……

两点二十分！再等十分钟便罢。他压制住想要回去的冲动，在标本室里彷徨四顾。被迫离开热带森林的蜥蜴和蛇的标本散发出某种微妙的好景不长之气息。这或许是某种象征，象征他不知何时早已失去激情的恋爱。他忠于三重子。然而这半年以来，三重子却变成了他完全陌生的不良少女。他失去激情全然是三重子之过错。至少可说是幻想破灭的结果，绝非自己已然倦怠的结果……

一到两点半，中村就走出爬虫类标本室。可是还未走到门口，他又转身走了回去。没准儿我前脚刚离开，三重子后脚就踏入这间展室。如果那般，那三重子就太可怜了。可怜？不，并非如此。与其说他是同情三重子，不如说他是被自己的责任感所扰。为了平复这份责任感，他必须再等上十分钟。什么？三重子肯定不会来？管他呢，无论是否等待，今日下午都能独自一人愉快地度过……

爬虫类标本室依旧悄然无声，保安依旧没来，空气中

---

① 东京上野公园内有两大师堂。两大师为良源（慈惠）和慈眼。

弥漫着令人生寒的防虫剂的气味。中村渐渐感到有些不耐烦。三重子毕竟是个不良少女。但是他的恋情或许还未彻底冷却,否则他早就离开博物馆了。即使自己已经失却了热情,应当仍然残留着欲望。欲望?可那并非欲望。即便现在看来,他的确还爱着三重子。三重子将枕头踢上了天花板。但是她的脚洁白如雪,那灵活的脚趾翘起,尤其是那时她的笑声——他想起了三重子歪着脑袋发出的笑声。

两点四十分。

两点四十五分。

三点。

三点零五分。

三点十分。身着春装外套的中村感到寒意刺骨,离开了毫无人气的爬虫类标本室,顺着石阶走了下去。那石阶仿佛总是处于黄昏时分一般灰暗阴沉。

那日华灯初上时分,中村在一家咖啡馆的一隅和朋友聊天。他的朋友名叫堀川,是一名立志成为小说家的大学生。他们面前摆着一杯红茶。两人谈论着汽车的美学价值和塞尚[①]的经济价值。然而,对那些话题也感疲倦

[①] 塞尚,一般指保罗·塞尚(Paul Cézanne,1839—1906),法国后印象主义画家。

之时，中村点燃一支香烟，完全像是说起他人之事一般说起了今日之事。

"愚蠢啊，我。"

说完，中村百无聊赖地补了一句：

"嗯，觉得自己愚蠢才愚蠢至极。"

堀川心不在焉地冷笑一声。随后，他又突然如朗诵一般说道：

"你已经离开了，爬虫类标本室里空无一人。事实上没过多久。终于，三点十五分左右，一个面色苍白的女学生走了进来。自然，室里并无一人，保安也不在。女学生一直伫立在蛇和蜥蜴之间。那里的暮色下沉得很快，不知不觉已很是昏暗。已经临近闭馆时间。可是女学生依旧一动不动地站在那里——如此想来便是一篇小说。并非妙趣横生的那种小说。三重子就算再好，让你做主人公的那日……"

中村得意地笑了起来。

"可惜三重子现在胖了。"

"比你还胖？"

"别胡说！我约莫八十八公斤，三重子大概六十四公斤吧。"

十年转瞬即逝。中村如今在柏林的三井还是什么地方工作。三重子好像也早已结婚。小说家堀川保吉一次偶然在某本妇女杂志的新年刊卷首插图里发现了三重子。照片里的三重子在一架大钢琴前，和三个孩子一起似乎很是幸福地微笑着。她的容貌和十年前相比并没有太大变化。体重似乎也——保吉暗暗心惊，目测下来，说不定不止七十五公斤……

1925 年 1 月

马　　腿

　　此故事的主人公名唤忍野半三郎。半三郎其人并非如何特别之男子，不过一个就职于北京三菱的三十来岁的上班族。半三郎从商科大学毕业后的第二个月就被外派到了北京。

　　同事和上司对他的评价既非赞誉有加，却也谈不上如何差劲。总而言之，就如同他的长相一样平平无奇。

若要再补充一句的话,半三郎的家庭生活亦是如此。

两年前,半三郎与一位名唤常子的小姐结了婚。不巧的是,他们也并非恋爱结婚,而是托某对沾亲带故的老夫妇撮合的媒妁婚姻。常子虽称不上是美人,却也绝非丑陋。她丰满圆润的脸上总是浮现着微笑。除却坐卧铺火车从奉天去往北京的途中,被臭虫咬的那次,她总是面带微笑。不过,现今已无须担心再被臭虫叮咬。这是因为在他们所住——××胡同的员工宿舍内已经备好两罐蝙蝠牌的除虫菊。

我说过,半三郎的家庭生活平平无奇。实际上的确如此,他或是和常子一同用餐,或是听留声机,或是去看活动照片展——过着与所有在北京的上班族相差无几的生活。但是,他们的生活也绝无可能摆脱命运的支配。某个日头高照的午后,命运为这个平凡家庭的单调生活献上了致命一击,使其顷刻间分崩离析。三菱公司职员忍野半三郎,因突发脑出血,猝死。

那日下午,半三郎一如往常地坐在位于东单牌楼的公司桌前认真翻阅文件。坐在他对面的同事似乎没有发现有何异常。但是,工作告一段落后,半三郎叼着香烟,正要划火柴点烟时,突然伏在桌子上一命归西了。他的死亡方式实在令人大跌眼镜。幸而世人并不会过于批评死亡方式，唯有生活方式会成为众矢之的。因此，半三郎并未招致什么非难。不，不仅没有非难，上司和同事皆对未亡人常子表示了深切同情。

据同仁医院院长山井博士诊断，半三郎死于脑出血。然而，不幸的是半三郎并不知道自己得了脑出血。他甚至没有意识到自己已经一命呜呼，他只是惊讶于不知何时来到这未尝见过的办公室。

办公室的窗帘沐浴于阳光之下，随风微微摆动。当然窗外未见一物。办公室正中摆放有一张大桌子。两个身穿白大褂的中国人面对面坐在桌前检查账本。其中一人二十岁左右。另一人则蓄着略微发黄的长胡子。

这时，二十岁左右的中国人一边手握钢笔在账本上写写画画，一边头也不抬地问半三郎："Are you Henry Barret, aren't you？（你是亨利·巴雷特先生吗？）"

半三郎大吃一惊。不过他还是尽可能故作镇定地用北京官话回答："我是日本三菱公司的职员忍野半三郎。"

"啊？你是日本人？"

闻言，好不容易抬起头的中国人大惊失色地说道。

另一个上了年纪的中国人一边在账本上写着什么，一边茫然失措地盯着半三郎。

"如何是好？认错人了。"

"这下麻烦了，实在头疼。自武昌起义以来这种事情可是头一遭。"

上了年纪的中国人似乎怒火中烧，颤抖的手连带钢笔一起抖动。

"总之，赶快将人还回去。"

"你是……嗳，忍野君是吧？麻烦你稍等一下。"

二十来岁的中国人重新翻开厚厚的账本，嘴里开始念叨着什么。但是，他又合上账本，显得比适才更为震惊，对上了年纪的中国人说："无计可施，忍野半三郎三日前就死了。"

"三日前就死了？"

"且他的腿已然腐烂，两侧都从大腿开始腐烂了。"

半三郎又吃了一惊。从他们的对话中可以得知三件事：第一，他已经死了；第二，他已经死了三日；第三，他的腿已经腐烂。怎会发生如此荒谬之事！现在，他的腿不是还——他想快走几步，却不禁大声惨叫。大叫出来实属情理之中，整齐笔直的白裤子之下，穿着白皮鞋的两条腿随窗外吹进来的风而摆动。见此情景，半三郎简直不敢相信自己的双眼。然而，他用双手去摸双脚，双腿时，确实无异于在抓空气，最终半三郎摔了个屁股蹲儿。与此同时，他的腿——真正意义上应该说裤子，就像泄了气的气球一般萎缩，最终软绵绵地落在地板上。

"您且放宽心，无论如何，我们定会为您解决。"

上了年纪的中国人说完后，余怒未消似的对年轻下属说：

"这是你的责任，是吧？你的责任！赶快写份申请报告来。还有那个，那个亨利·巴雷特现在到哪了？"

"刚刚调查了一下，他好像突然跑到汉口去了。"

"那么打电报给汉口，让他们把亨利·巴雷特的腿寄过来。"

"不行，那样行不通的。腿从汉口运到这里的途中，忍野君的身体怕是早就烂光了。"

"头疼，真是头疼。"

上年纪的中国人叹息道。不知为何，他的胡子突然更为耷拉了。

"这是你的责任。总之赶快上交申请报告。真是不凑巧，乘客都走了是吗？"

"是的。一个钟头前都走了。现在，马倒是还有一匹。"

"哪里的马？"

"德胜门外马市的马。刚死没多久。"

"那就给他安上这匹马的腿。马腿也总比没有强。快，去把马腿拿过来。"

二十来岁的中国人随即离开那张大桌子，一溜烟不知道去往了何处。半三郎三度惊讶。照方才的对话，他们似乎要给自己安上马腿。若是自己的腿变成马腿的话，日后可就麻烦了。半三郎仍旧瘫在地上，向上了年纪的中国人哀求：

"啊，请不要给我安上马腿！我非常讨厌马！无论如何，算是我一生之愿，求求你们给我安人类的腿吧！叫亨利的什么人的腿都可以！就算腿毛很多，只要是人腿我都愿意！"

上了年纪的中国人很是怜惜似的俯视着半三郎，不住地点头。

"若有的话就给你安了。但是，就是因为没有人类的腿。唉，你就权当是场灾难，认了吧。不过马腿坚固耐用，时不时钉一钉铁掌的话，什么山路都能如履平地……"

正在这时，年轻的下属已经提溜着两条马腿，不知从哪回来了。那模样就像酒店服务员提着长靴来一般。半三郎想要逃跑，但是失去双腿的他没法轻松抬起他的腰肢。这时那个下属已经来到半三郎身边，脱下他的白皮鞋和袜子。

"不行不行！千万别给我安那个马腿！首先，未经过我同意，你们不能动我的腿……"

在半三郎如此叫唤之时，那个下属已经往他右边裤腿里塞进一条马腿。马腿就好像长有牙齿一般咬紧了右腿。接下来那下属又将另一条马腿塞进左边的裤腿。那条腿也同样一下子紧紧咬住。

"好了！大功告成！"

二十来岁的中国人露出满意的微笑，摩挲起留有长长指甲的双手手掌。半三郎神情恍惚地看向自己的腿——不知何时白裤子下已是两条粗壮的栗色毛马腿，马蹄并列。

半三郎只记得这些，至少再往后诸事就没记得如此清楚。但是，半三郎还记得自己好像和那两个中国人吵了架，又记得自己从很陡的楼梯上滚下来。不过这些，他都无法确定。总之，他彷徨于莫名其妙的幻境之中。之后，好不容易神志清醒之时，他已经躺在××胡同的员工宿舍的棺材里。不仅如此，棺材前还有本愿寺派来的一个年轻僧侣，在做引导之类的。

如此，半三郎复活一事自然受到了世间瞩目。《顺天时报》上关于他的报道将大字标题分为三段，并配有一张他的大幅照片。据这篇报道说，身穿丧服的常子似乎比平日更为笑容满面。上司和同事将用不上的香奠钱用作餐费举办了复活庆祝会。原本山井博士的信誉必定会陷入危机，但是博士依旧悠然地吐着烟圈，以巧妙说辞维护了自身信誉。那便是极力主张凌驾于医学之上的自然神秘力量。换言之，为保住自身的信誉，博士舍弃了医学的信誉。

然而，只有半三郎本人在出席复活庆祝会之时全无一丝喜气。当然，他不高兴也是天经地义。因为复活后，不知不觉间他的腿变成了马腿。他没有脚趾，只有长着马蹄的栗色毛马腿。他每每看到这双腿就生出无法言喻的悲伤。万一哪日这腿被发现，公司定会开除自己！同事今后也肯定不愿与自己交往。常子也——唉，"弱者，你的名字是女人！"[①] 恐怕常子也不能免俗，不会将长有

---

① 此句出自莎士比亚的戏剧《哈姆雷特》。

马腿的男人视作自己的丈夫吧。半三郎思虑至此，就决定无论如何也要把自己的腿藏起来。他不再穿和服，一直穿着长靴；洗澡的时候门窗都关得严严实实。即便如此，他还是一直感到不踏实。唉，不踏实也不无道理。若问为何……

当务之急，半三郎必须首先要注意避免引起同事的怀疑。这在他的煞费苦心之中或许尚算轻松之事。然而，从他的日记可以看出，他似乎一直或多或少要与危险斗智斗勇。

"7月×日。都怪那个年轻的中国人给我安了双怪异的腿。可以说我的两条腿都算得上跳蚤窝了。今日，我如往常一般处理事务之时，两腿痒得差点让我发疯。总之，眼下必须不遗余力地消灭跳蚤……"

"8月×日。今日，我去经理那里谈生意事宜。谈话间，经理不停地吸着鼻子，好像我腿上的臭气透到长靴外了……"

"9月×日。随心所欲地控制马腿的确比习马术还难。今日午休前，我临时被委派急事，于是小跑着下楼梯。这种时候，任谁脑子里都只惦记着急事。因此，不知不觉间我把马腿之事忘得一干二净。转眼间，我的脚就踏碎了楼梯的第七个台阶……"

"10月×日。我逐渐学会了自由控制马腿。亲身体验后才明白,所谓经验,其实唯有腰马合一这一条。但是,今日却功败垂成。不过今日之失败并不完全归咎于我自己。早上九点左右,我坐人力车去公司。明明是十二钱的车费,车夫偏要二十钱。且他抓住我,怎么也不让我进公司大门。我怒不可遏,一下子将车夫踢飞了。车夫飞在空中的模样就好像足球一样。当然,我懊悔不已,却又忍不住笑了出来。无论如何,以后用腿之时都要分外小心……"

不过比起瞒住同事,不让常子起疑则更是难于上天。半三郎在日记中不断痛苦叹息此事之难。

"七月×日。我之大敌必为常子。我以文化生活必需为理由,将家里仅有的和式房间改成了西式。如此一来,即便在常子面前不脱鞋也无妨。没了榻榻米,常子似乎很是不满。但是实在别无他法,即便穿上袜子,我这脚也不能在榻榻米上行走……"

"九月×日。我今日去杂货店将双人床给卖了。这床是从一个美国人的拍卖会上购入的。从拍卖会返回的路上,我从租界的行道树下经过。行道树——槐树的花开得正盛,运河之水也澄澈明亮,美不胜收。但是——眼下并非对这些念念不忘的时候,昨夜我差点就踹了常子的侧腹一脚……"

"十一月×日。今日,我将待清洗的衣物拿到洗衣店。并非经常光顾的门口那家,而是东安市场旁边的一家洗衣店。从今往后洗衣服都必须往那跑。因为我的衬裤、裤子和袜子总是沾满马毛……"

"十二月×日。袜子破了可是够呛。在瞒住常子的前提下,仅筹措买袜子的钱我就劳心劳力,艰辛不已……"

"二月×日。我睡觉时自然也不脱袜子裤子。此外,为了不让常子发现,我还用毛巾盖住腿。而此种冒险一直以来也绝非易事。昨夜常子睡前还对我说:'你还真是怕冷啊,要不要给腰上也盖上毯子?'说不准哪天我的马腿就会暴露……"

除此以外,半三郎所遭遇惊险颇多。但要一一列举却到底并非我之力所能及。然而半三郎日记中最让我惊讶的当属下述这件事。

"二月×日。今日午休时分,我去了一趟隆福寺的二手书店。书店前的太阳地上停有一辆马车。那并非西洋的马车，而是张着蓝色车棚的中国马车。自然，车夫必定在马车上休息。我原本并未特别在意，正要走进二手书店。就在此时，只听车夫抽着鞭子，唤道：'哨，哨'。这是中国车夫向后驱马之时常喊之话。话音未落，马便'哒哒'地往后退去。接下来的事换做谁都会惊恐万分吧。眼看我站在二手书店前，双脚竟一步一步向后退去。此时我的心情，该说是恐慌，还是惊讶，反正难以言表。我拼命想把脚往回拽，却有种不可违抗的诡异力量硬拽着我往后去。就在这个关头，车夫喊了声'吁'，于我而言可谓是幸事。马车停下来后我才总算收住步子没往后去。但是奇异之事还不止如此。我刚歇一口气，不由得看向马车。那匹马——拉着马车的那匹芦毛马开始难以言表地嘶鸣。不，不能说是难以言表。在那凄厉的嘶鸣声中，我分明感受到那马的一种笑意。随后我觉得自己的喉咙也似乎即将涌上某种嘶鸣。要是发出那种声音就一发不可收拾了。我两手捂住耳朵，拼死命似的逃走了……"

然而，命运终是给半三郎准备了最后一击。三月末的一个午后，他突然发现自己的双腿又蹦又跳。为何这马腿此时突然如此不安分？要解答这一疑问须得调查半三郎的日记。遗憾的是，他的日记在命运最后一击来临的前一日便已完结。但是根据事件前后经过，亦可大致推测一番。我依据《马政纪》《马记》《元亨疗马牛驼经全集》《伯乐相马经》等典籍，确信他的腿如此亢奋必是如下缘故：

当日黄沙漫天。所谓黄沙，是随蒙古的春风一路席卷至北京的沙尘。据《顺天时报》报道，那日的风沙乃十数年未尝有之奇观。报上如此记载，"五步之外仰观正阳门，竟不见城楼"，可见天气情况着实恶劣。然半三郎的马腿原是德胜门外的马市上的死马之脚，且那死马显然是经由张家口、锦州运至此地的蒙古库伦马。于是乎，他的马腿一感知到蒙古的空气，就马上开始跳跃，这岂非必然之理？加之当时是塞外之马一边拼命寻求交配，一边肆意驰骋之季。如此看来，必须说，他的马腿未忍得住老实不动也确实得同情……

这解释是否正确暂且搁置，当日半三郎在公司之时似乎也是跳舞一般踢踏不停。返回宿舍的路上，不过三百来米远的距离竟踩坏了七辆人力车。到家后——据常子说，他像狗一般喘着粗气、跌跌撞撞地走进客厅。而后好不容易坐在沙发上，马上唤一脸惊讶的常子取绳子来。

常子看着丈夫如此模样，自然也觉察到出了大事。首先，半三郎脸色极差，不仅如此，他好像压抑不住焦躁一般，长靴里的腿不停动着。因此，常子连惯常的微笑都忘了，苦苦询问丈夫取绳子究竟意欲何为。但是，丈夫只是痛苦不已地擦拭着额头上的汗，不断如此重复："快点，快点——再不快点就麻烦了。"

常子无奈只能取来一束捆行李的绳子交与丈夫。丈夫一接过，立马用绳子捆上了两只长靴里的腿。此时，常子内心萌发出发疯般的恐惧感。她盯着丈夫，用颤抖的声音劝丈夫请山井博士来看看。然而半三郎拼命地往腿上绑绳子，对于妻子的劝言丝毫不理。

"那种蹩脚医生懂什么？他是小偷！欺世惑俗的大骗子！不说那个，你先过来，过来帮忙按住我的身子。"

夫妻二人互相抱着坐在沙发上，一动不动。遮蔽北京的黄沙的态势更为猛烈，现今窗外飘荡着连落日余晖都丝毫看不真切的浑浊的朱红色。此间，半三郎的腿当然未能安静下来。双腿被绳子层层捆绑，却仍旧犹如在隐形踏板上踩踏一般，不停动弹。常子为安慰，也为鼓励丈夫，这般说道：

"老公，老公，你怎么抖得如此厉害？"

"没什么。没什么。"

"但是你流了这么多汗——今年夏天我们回日本吧，好不好？老公，好久没回去了，一起回日本吧。"

"嗯，回日本，回日本生活。"

五分钟、十分钟、二十分钟——时间拖着重如千钧的步伐在二人身旁缓缓而去。常子曾对《顺天时报》的记者剖白，彼时她的心情就像是被枷锁束缚住的囚犯一般。然而，约莫三十分钟后，终于迎来枷锁破裂之时。不过那并非常子所谓的锁链断裂之时，而是将半三郎束缚于家庭的人间之锁的断裂之际。透出一片浑浊朱红色的窗户在风的鼓动之下，突然撞击之声响彻空中。与此同时，半三郎突然大声叫喊，一下子跳起三尺来高。常子似乎看到那条绳子四碎断裂。而后半三郎——下面则并非常子之言。常子眼见丈夫跳起之后便昏倒在沙发上，失去意识。但是，公司宿舍中的某中国男杂役对同一记者如此说道，半三郎似被什么穷追不舍一般跃向公司宿舍玄关。之后，短短一瞬间，他便立于玄关前。然而，他身子颤抖了一下，发出一声如马一般令人毛骨悚然的嘶鸣，猛然投身于笼罩着道路的漫天黄沙之中，疾驰而去……

之后半三郎究竟如何？时至今日仍旧迷雾重重。《顺天时报》的记者公开了一则报道。报道上说，当晚八点前后，笼罩着一片黄沙的月光下，有一名未戴帽的男子在观赏万里长城最为知名的八达岭下的铁道线上奔跑。然而这篇报道似乎未见得确实。事实上，同一新闻的记者又有报道说，依旧是晚上八点前后，在沾染黄沙的雨中，有一名未戴帽的男子在两侧排列有石人石马像的明十三陵的神道上疾驰。如此看来，半三郎从××胡同的公司宿舍夺门而出后，究竟去往何处，经历了何事，只能说未有确凿定论。

半三郎的失踪与他的死而复生一样，自然引发了种种议论。无论常子、经理、同事、山井博士还是《顺天时报》的主要撰稿人都将他的失踪归结为精神失常所致。毕竟，说成发疯的缘故，必定要比说是马腿所致更为便宜。"去难取易"乃天下常有之公理。而代表这一公理的《顺天时报》主要撰稿人牟多口在半三郎失踪次日，便提如椽大笔写就并公开下述社论：

"三菱职员忍野半三郎于昨日下午五时十五分状似突然发疯，无视常子夫人阻拦，独自出走，不知去向。据同仁医院院长山井博士所言，忍野去年夏，罹患脑出血之症，三日间人事不省，其后多少致其精神有异。

又，常子夫人所寻得忍野日记亦证实，其人似乎时常被某种怪异的恐惧妄想之念所扰。然吾辈意图询问之物，非忍野之病名，乃身为常子夫人丈夫之忍野，其职责何在。

"日本乃金瓯无缺之国，乃立于家族主义之上。然立于家族主义之上，则一家之主者责任之重大不言自明。此一家之主者可有权利擅自精神癫狂？此疑问当前，吾辈断然答之以否。若予天下为夫之人疯癫之权，则彼等必将家族诸人抛诸脑后，或于道路吟咏，或逍遥山水之间，或于精神病院中得享饱食暖衣之福。然两千年来夸耀于世间之家族主义则难免土崩瓦解。语曰：'恶其罪而不恶其人。'[①]吾辈本无意苛责忍野，但其轻易癫狂之罪，却必得鸣鼓而攻之。非也，不但忍野之罪，历代政府将癫狂禁令等闲视之之失政处，吾辈亦要替天责备之。

"据常子夫人所说，夫人将在××胡同的宿舍之中至少静候一年，盼忍野归家。如此贞淑夫人，吾辈表以满腔同情，亦万望贤明之三菱公司顾虑夫人之便宜，切勿吝啬……"

然而仅仅半年后，常子便遭遇一桩新事件，使得她

---

① 该句出自《孔丛子》。

无法再对这种误解安之若素。那是北京的柳树及槐树的树叶发黄且开始飘落的十月薄暮。常子坐在客厅沙发上，恍恍惚惚地沉浸于回忆之中。她的嘴唇现如今再也无法浮现出那永远的微笑。她脸颊上的肉感也不知不觉完全消减了下去。她一直在思考诸如失踪的丈夫、被卖掉的双人床，还有那臭虫之事。正在此时，有人犹豫再三，按响了员工宿舍玄关处的门铃。即便如此，常子并不愿理会，心想让门房去应付。可是门房竟不知去了哪，没能马上露面。门铃再次响起，常子无奈离开沙发起身，静静地走向玄关。

落叶散乱的玄关前，一位未戴帽的男子伫立在暗淡微光之中。不，他不仅没有戴帽子。那男子的确穿着一件满覆尘土、破烂不堪的外套。常子看着这男子的模样，生出一种近乎恐惧之感。

"请问有何事？"

男子一言不发，垂着留有杂乱长发的脑袋。常子打量着男子的模样，惴惴不安地重复了一遍。

"请问……有何事？"

终于，男子抬起了头。

"常子……"

不过是简单的两个字。如此简单的一句话却如月光一般照亮了这男子的面容，使其形貌越发清晰起来。常子屏住呼吸，好一阵犹如失声了一般只是目不转睛地盯着男子的脸。男子胡须杂乱，好似变了个人一般憔悴不堪。但是，望向常子的这双眼的确就是她望穿秋水的那双眼。

"老公！"

常子如此叫喊着，想要奔向丈夫的怀抱。但是，刚踏出一步，马上就好似踩到了烧红的铁块上，赶忙向后退。丈夫那破烂的裤子下露出长满毛的马腿，在昏暗的光亮之中仍旧可见露出来的长着栗色毛的马腿。

"老公！"

常子对这马腿感到一种无法名状的嫌恶。但是她意识到，若是错失现在的机会，自己便再也见不到丈夫。丈夫果然也伤心欲绝地望着她。常子想要再次将自己的身体投入丈夫胸口。然而，那种厌恶感再次打败了她的勇气。

"老公！"

在她第三次如此叫喊之时，丈夫忽然转身背对她，默默地走下玄关离开了。常子鼓足最后的勇气，拼命想去追赶丈夫。然而还未迈出脚，她的耳旁便响起一阵马蹄的踏地声。常子面色惨白，好似失去了喊住丈夫的勇气，只是愣愣地盯着丈夫的背影。之后——在玄关前的落叶之中，她昏倒在地，失去意识。

自此以后，常子便相信了丈夫的日记。不过经理、同事、山井博士和牟多口等人却仍旧不相信忍野半三郎长有马腿。不仅如此，他们坚信常子是因出现幻觉才看到马腿。我逗留北京时，也与山井博士和牟多口相聚，数度试图打破他们的妄言。然而，总是只能换来反对的嘲笑。之后，不，最近，小说家冈田三郎[①]不知从何处听说了此事，给我寄来一封信，阐述他绝不相信人腿变马腿之事。冈田说道，若那果真是事实，"大概也是装有一双马前腿。若是能表演西班牙舞步特技的好腿，习得前腿踢踹物品的技艺或许尚有可能。再者，即便如此，若并非汤浅少佐等人所骑乘之马，究竟马自身是否能够完成这些事？对此我表示怀疑"。自然，我对这一点也或多或少有些疑问。可是，若仅凭此理由便要否定半三郎的日记和常子的话，是否稍显草率？据我调查，在报道半三郎复活一事的《顺天时报》在同一版面的仅仅二三段之下刊登有这样一则报道：

---
① 冈田三郎（1890—1954），日本小说家。

"美华禁酒会长亨利·巴雷特在行驶于京汉铁路上的火车中猝死。因其咽气时手握药罐，故生自杀之疑。罐中液体状药物的分析结果显示，属酒精一类。"

1925 年 1 月

春

一

樱花盛放时节的一个阴沉的早晨,广子从京都的车站乘坐上开往东京的快车。这是她婚后两年第一次去看望母亲,同时也为了参加外祖父的金婚典礼。然而除此之外,广子也并非没有其他要事。她正想借此机会为妹妹辰子的恋爱问题做一了断。她心想，不管能否如妹妹所愿，当务之急必须先处理问题。

广子得知这一问题是因为四五日前看了辰子的来信。广子对正值妙龄的妹妹产生了恋爱问题并未特别意外。虽不能说是意料之中，的确也是理所当然。但是广子唯独对辰子选择笃介作为恋爱对象这一事深感意外。现在即便是在颠簸的火车上，广子一想到笃介，就觉得自己与妹妹之间突然产生了鸿沟。

笃介是一所西洋画研究所的学生，与广子很是相熟。少女时代的广子与妹妹一起，偷偷地戏称这个满身颜料的青年为"猴子"。实际上，笃介是一个脸红彤彤、唯独一双眼睛炯炯有神——换言之，实在是个像猴子的青年。不仅如此，他的打扮也十分寒酸。即便冬日，他也身着金属纽扣制服，外面披上一件旧雨衣。广子自然对笃介全无兴趣。辰子亦如是——与姐姐相比，辰子似乎对他更是心有嫌恶。甚至可以说辰子很是激进地厌恶着他。一次辰子乘电车，坐在了笃介旁边。光是这一点就让她心生不悦。这时，笃介居然摊开膝盖上的报纸包，急切地啃起面包来。电车里的人都不约而同地看向笃介。辰子感到自己也正在被残酷地注视着。然而他却连眼睛都不眨，旁若无人、慢条斯理地吃着面包……

"粗鄙之人啊，那个人。"

广子好似这时才想起，事后辰子如此骂他的话。辰子为何会爱上那个笃介呢？这一点，广子百思不得其解。但是，只要想想妹妹的性格，就大体可以想象她一旦爱上笃介，会如何炽热投入。辰子就像已故的父亲一样，做任何事都会义无反顾。比如刚开始画油画之时，她的着迷程度就超出了全家人的预料。她将精致的画具箱夹在腋下，每天都勤勤恳恳地前往笃介所在的研究所，风雨无阻。与此同时，她的房间墙壁上每周必挂上一幅新油画。油画大多是用六号或八号的画布。若是人体就只画面部，如果是风景就多为西洋风格的建筑物。大约是广子结婚前的几个月——尤其是深秋的夜晚，她会在挂满油画的房间里与妹妹聊上好几个小时。辰子总是兴致勃勃地聊起凡·高、塞尚之事，也聊起当时正在上演的武者小路实笃的戏剧。广子并非对美术和文艺之类全无兴趣。但是她的幻想总是停留在与艺术几乎风马牛不相及的未来生活上。这时，她的眼睛望着装裱在画框里的画作上的桌子上的洋葱、缠着绷带的少女的脸、甘薯地对面监狱的墙壁……

"你的绘画流派叫什么来着？"

广子想起自己提出这个问题惹辰子生气之事。惹妹妹生气也并非什么稀奇事。她们对艺术的看法不言自明，在生活问题上也时常意见相左。事实上就连武者小路实笃的戏剧也成为她二人争论的根源。那部戏剧描写的是为了失明的哥哥而不惜牺牲自己，勉强结婚的妹妹的故事。广子自从看了那场演出（她只有在百无聊赖之下，才会看看小说和戏剧），就说不喜欢那有艺术家气质的哥哥。她甚至极端地说，即便失明，当个按摩师也好，做什么也好，让妹妹为自己牺牲就是利己主义者。辰子与姐姐不同，既同情哥哥也怜悯妹妹。她还说，姐姐的看法是将严肃的悲剧故意解读成喜剧的世间人的游戏。如此你一言我一语，口角愈演愈烈，最后两人都生了气。但是最先发脾气的必定是辰子。广子不禁意识到自己在这一方面的优越。那是一种比辰子更能看透人心的优越感。或者说是自己不像辰子那般被空洞理想束缚的优越感。

"姐姐，只今晚，请你做我真正的姐姐。不要做平日里那个聪明伶俐的姐姐。"

广子第三次想起的是妹妹信上的一行字。那封信和过去一样,白纸上布满细瘦的钢笔字。信中只是一个劲儿细致地重复着他们彼此相爱这一简单的事实,至于她与笃介的关系,几乎只字未提。广子自然想从字里行间读懂他们之间的关系。实际上,如果抱持如此想法读下去,妹妹的信并非全无可疑之处。但转念一想,这些似乎皆是她的恶意揣测。广子现在仍一边感到一种毫无根据的焦躁不安,一边再次想起笃介那郁郁寡欢的身影。于是乎,广子突然又想起了笃介的气味——笃介身上散发出的好似干草一般的气味。若她的经验没有错的话,散发干草气味的男性大多富有卑劣的动物性本能。广子只要将那样的笃介和单纯的妹妹联想在一起,就觉得无法忍受。

广子思绪万千,一发而不可收。她双膝交叠,坐在火车窗边,时不时将目光移向窗外。火车行驶在美浓国界线附近的近江峡谷之间。峡谷里的竹林和杉树林之间,能看到盛放的洁白樱花。"这一带看起来很是寒冷。"——广子不知不觉想到岚山的樱花已经开始飘落。

二

广子返回东京后,因为诸多事宜,两三日都没能找到机会与妹妹谈心。终于抓到机会,已是从外公的金婚仪式回来的那晚十点前后。妹妹的房间里,先前言及的墙壁上一如往昔,挂着油画。放置在榻榻米上的圆桌上的一盏黄色灯罩的台灯,散发着同两年前一样的灯光。广子换上睡衣,外披上一件有家徽纹样的外褂,坐在圆桌前的安乐椅上。

"我马上给你斟茶。"

辰子一坐到姐姐对面,就故意一本正经地说。

"不了,可以了——真的不需要茶。"

"那泡点红茶吧?"

"红茶也喝够了……倒不如给我说说那件事。"

广子看着妹妹的脸,尽可能故作轻松地如此说道。之所以这么说,一方面是为了不让她自己的感情——带有相当复杂心态的好奇心、指责、同情等等通通被妹妹看穿。另一方面也是想让如同被告一般的妹妹能放松心情。但是,出人意料,辰子并没有表现出任何苦恼的神色。不，若说当时她的样子有些许变化，那就是在她那微黑的脸上一闪而过的一种几乎不被人察觉的紧张神色。

"嗯，我也想着一定要说与姐姐听。"

广子暗自对自己轻松完成开场白感到满足。但是辰子说完，却好一会儿没再开口。广子将妹妹的沉默解释为她难以启齿。然而，催促妹妹有些残忍。与此同时，广子也想享受一番妹妹的羞耻感。广子顺势将她那烫染成西式发型的脑袋靠在安乐椅背上，掷下几句与当务之急毫无关联的感慨。

"这样坐在这把椅子上，总觉得仿若昨日重现。"

广子一边被自己的话语催生出少女般的感动，一边入神地环顾房内。原来如此，椅子、电灯、圆桌、墙上的油画都与往昔的记忆一样。然而，其中却发生了什么不可思议的变化。是何变化呢？广子突然在油画上发现了这种变化。（画作中）桌上的洋葱、缠着绷带的少女的脸、甘薯地对面的监狱，不知何时都消失了踪迹。或者，即使没有消失，她所呼吸到的却也是两年前未有的柔和明亮之气息。特别是正对面的一幅油画，让广子感到新奇不已。那是一幅描绘着某个庭院的六号画布大小的小型作品。被泛白的苔藓掩住的树木、盛开在树枝端部的紫藤花、树木之间依稀可见的池塘——画上唯有这些。然而，画上却弥漫着比任何画都要温润明快的氛围。

"那幅也是你画的吗？"

辰子并未回头，却已经猜到姐姐所指的是哪幅画。

"那幅画？那是大村画的。"

大村是笃介的姓。广子因她这句"大村画的"而忍俊不禁，但是也确有一瞬间生出某种类似羡慕之感。但是辰子满不在乎地摆弄着外褂的带子，用平静的声音继续说道：

"说是画的是他乡下老家的庭院。听说大村家是名门大户。"

"他家现在是做何营生呢？"

"大概是县议员之类的吧。他家好像还有银行和公司。"

"笃介排行老二还是老三？"

"好像是长子吧？说是他们家只有一个孩子。"

不知何时，广子发觉她们的谈话进入到当前的问题——莫不如说已经解决了其中的一部分。得知这件事以来，她一直担心的始终是笃介的身份。特别是笃介那副穷酸样，更加重了这一世俗问题的分量。现在，她们的问答如此轻而易举解决了这一问题。发觉这一事实的广子，突然有了一种可以说笑的放松之感。

"那么，原来他是个仪表非凡的小少爷啊。"

"啊？不过是个波希米亚人①。他租住的地方也很奇怪。租的是呢绒店的仓库二楼。"

辰子几乎是狡黠地朝姐姐微微一笑。广子在这微笑中，突然意识到妹妹已是一个独当一面的女人。其实，自从广子在东京站见到前来接自己的妹妹，这种想法就不时冒出来。但是那时，这一念头尚未像现在这般清晰可辨。广子意识到这一点的同时，又立即对辰子和笃介的关系产生了一些疑虑。

"你去过他那里吗？"

"嗯，我经常去。"

广子想起结婚前的一个夜晚。那日晚上，母亲一边洗澡，一边告诉她结婚的日子已经定下，然后分不清是开玩笑还是认真，询问起了广子的身体情况。不巧的是，没能像那夜的母亲一样表现出坦率态度的她，现今只能

---

① 波希米亚人，指过着贫穷却自由、放荡不羁生活的文学青年或年轻艺术家。

一直目不转睛地注视着妹妹的脸，别无他法。然而，辰子脸上依旧浮现着沉着的微笑，直勾勾地盯着刺眼的黄色的电灯灯罩。

"那样做没关系吗？"

"你说大村？"

"不，说的是你。若是遭到误解的话，不就麻烦了吗？"

"反正总会被误解的。研究所的家伙们也是口无遮拦。"

广子有些焦急。不仅如此，她甚至对妹妹那坦然的态度是否是演技也产生了怀疑。此时，辰子甩开一直摆弄着的外褂的绳子，突然问道：

"母亲会原谅我吗？"

广子再次感到焦躁不安。那是对坦然而直截了当提出如此问题的妹妹的焦躁，也是对自己渐渐转向被动地位的焦躁。"是啊。"她转动着眼睛，目光不再停留于笃介的画作，含糊地回答。

"能请姐姐帮我说说话吗？"

辰子有些撒娇似的观察着广子的神色。

"你说想让我帮你说说——我并不了解你们的事啊。"

"所以我一直说,请你听我说。但是你根本没一点心思听我说话。"

谈话伊始,广子将辰子的良久沉默解释为难以启齿。但是现在看来,她的沉默与其说是难以启齿,倒不如说是隐忍不说,等待着姐姐的引导。广子自然心怀内疚。但是旋即,她也不忘利用妹妹的话。

"哎呀,难道不是你不说话吗?——那就详细说给我听听。听你说完我再好好考虑。"

"是吗?那我先说。不过,有言在先,我不想你挖苦我。"

辰子面对面地注视着姐姐的脸,道出了她的恋爱问题。广子微微偏着头,不时用轻轻的颔首代替回答。但是,在此期间,她内心一直急于解决两个问题:其一是他们恋爱的原因,其二是他们的关系进展到何种程度。但是,老实巴交的妹妹所说之话基本没有解决第一个问题。辰子说她只是每日与笃介见面,不知不觉就和他亲近起来,又不知不觉爱上了他。不仅如此,第二个问题也依旧搞不清楚。辰子将笃介求婚时的经过说了一遍,仿佛是发生在别人身上的事一般。而且,她说起时与其说是抒情诗,毋宁说更接近于喜剧。

"大村用电话求婚。很好笑吧？大村说，当他在绘画创作上遇到瓶颈，瘫倒在榻榻米上时，突然就产生了这个念头。但是突然要我回答他如何，这很难不是吗？而且那时母亲为找寻东西来到电话室外。我毫无办法，只说了'嗯，嗯'就放下了电话……"

然后呢？接下来的事情，妹妹继续轻松愉快地循着事件进展往下说。他们一起去看展览，一起去植物园写生，一起去听德国钢琴家演奏。但是，如果相信辰子所说，则他两人关系并未超越朋友。尽管如此，广子还是不敢大意，时不时窥视妹妹的脸色，揣摩妹妹所说之话的内在含义，甚至还有一两次试着套出妹妹的话。但是，辰子在灯光下，气定神闲的目光依旧清澈如水，丝毫没有胆怯的神色。

"大概便是如此情况。啊，然后就是我给姐姐写信。这事我也与大村说过了。"

等妹妹说完，广子自然觉得意犹未尽，甚至有些急不可耐。不过，若让妹妹坦白一遍的话，广子定是无法再深究第二个问题。因此，她不得不揪住第一个问题不放。

"但是，你不是说过非常讨厌他吗？"

广子意识到不知何时自己的话中有一种挑战的味道。但是，就连面对这个问题时，辰子依旧满面笑容。

"大村说他曾经也很讨厌我。说觉得就像是喝杜松子鸡尾酒似的。"

"有人喝那种东西吗？"

"有啊。还有人像男人一样盘腿而坐玩花牌呢。"

"这就是你们所谓的新时代吗？"

"我想或许如此吧……"

辰子的回答远比姐姐预想的要认真。紧接着，辰子马上微笑着再次将话题引回源头。

"那些暂且不论，这回轮到我的问题，姐姐能帮我说说吗？"

"也不是不能帮你说，虽说没有什么不能说……"

广子打算像所有姐姐一样，给予妹妹一些忠告。但是辰子在那之前先打断了她的话。

"反正姐姐尚不了解大村——那么姐姐，这两三日你能见见大村吗？我想大村也很高兴能见到你。"

广子觉察到话题的转变，不由自主地望向大村的油画。紫藤花在长满苔藓的树木之间，不知何故变得比以前更为朦胧。一瞬间，她一边在心中联想到过去的"猴子"，一边含糊不清地重复着"是啊"。但是,辰子并没有对"是啊"这句回答表现出满足。

"那就请你见一见吧。你能去大村的住处吗?"

"可是,不是不能去借住的地方吗?"

"要不让他来这里?虽然这也有些奇怪。"

"他以前来过这吗?"

"不,一次都没有。所以我才觉得奇怪。么……那么,这样好吗?大村后天要去表庆馆看画。那个时候姐姐去表庆馆见见大村好吗?"

"是啊,后天我正好也要去扫墓……"

广子漫不经心地说完这句话,立即为自己的轻率感到后悔。然而,这时的辰子脸上充满喜悦,简直就像换了个人似的。

"是吗?那就这样说定。我去给大村打电话。"

广子看了看妹妹的脸,旋即发现妹妹不知何时已经完全高奏起了自己意志的凯歌。这个发现没妨碍她的义务感,倒是给她的自尊心增加了压力。她想最后趁妹妹的喜悦劲儿,剖开他们的秘密。然而就在这时,辰子——在姐姐刚要张嘴说话之时,突然探出身子,响亮地吻了一下广子那涂满白色化妆粉的脸颊。广子几乎没有被妹妹亲吻过的记忆。若是有一次的话，那还只是辰子上幼儿园时的事。对于妹妹这样的吻，她与其说是吃惊，不如说是羞赧。这个刺激自然像浪花一样打破了她的心平气和。她只能用半露微笑的眼睛故意瞪着妹妹。

"怪恶心的。你这是要做什么？"

"可是，我是真的很高兴啊。"

辰子从圆桌上探出身子，隔着黄色台灯的灯罩，浅黑色的脸闪闪发光。

"不过，我一早就想到了。姐姐一定会为我们做任何事。其实昨日也和大村聊了一天姐姐的事。然后……"

"然后？"

辰子的眼睛里闪过一丝恶作剧的孩子似的神色。

"然后就到此为止了。"

三

广子提着装有化妆工具和其他东西的银制工艺包，走在多少年几乎未来过的表庆馆的走廊上。她的心比自己预想的还要平静。不仅如此，她还意识到这平静深处多少有些游戏心理。若是几年前的话，她或许还会有一种内疚的感觉。然而现在，与其说是内疚，不如说是得意。她一边感受着自己日渐肥胖的身体，一边爬上明亮走廊尽头的螺旋式台阶。

爬完螺旋式台阶，来到即便是白天也很昏暗的第一展室。她在昏暗之中发现了镶有青贝的古代乐器和古代屏风。但不巧的是，关键人物笃介并没有出现在这个房间里。广子对着展柜玻璃检查了自己的发型后，仍旧不紧不慢地走向隔壁的第二展室。

第二展室的采光来自天花板。这是一间横窄竖长的房间。狭长的展室两侧玻璃内尽是藤原、镰仓时期很是古寂的佛画。笃介今日也在制服外披上了一件黄褐色的雨衣，独自徘徊在这个寺院般的展室里。广子一看到他的身影，一股敌意立即自然而生。但是，那毫无疑问是一瞬间发生之事。此时，笃介正直直地望向这边。看到他的脸和举止，广子立即想到以前的"猴子"，同时又感到一种放松的不屑。他望着这边，好像犹豫不决，不知该不该行礼。那种显得七上八下的样子，确实和恋爱、浪漫之类无甚关系。广子只用眼睛微笑着，快步走到妹妹的恋人面前。

"是大村先生吧？我——您知道吧？"

笃介只回答了一句："嗯。"她从这句"嗯"中明明白白地感受到他的狼狈。不仅如此，这一瞬间她还发觉了他的鹰钩鼻、金牙、左鬓角上的剃刀伤痕、裤子膝盖上的褶皱……除此以外，她还发现了难以计数的诸多事实。但是她却像什么都没注意到似的，神情十分平静。

"很抱歉今天擅自约您到这里来，想必给您添麻烦了吧。我觉得这样很是失礼，但是，是妹妹提出来的……"

广子这般说着，安静地环顾四周。铺有亚麻油地毯的地板上背靠背摆着几张长椅。但是坐在那里反而会更为引人注目。引人注目？他们前后有三四名参观者，静悄悄地在普贤和文殊菩萨面前或驻足或走动。

"我还有许多事想请教您，那么，我们边走边聊吧？"

"嗯，悉听尊便。"

广子沉默了少顷，慢悠悠地拖着木屐向前走。这种沉默对笃介来说，的确像是精神上的拷问。他咳了一声清了清嗓子，好像想说什么。但是，他的咳嗽声立刻在天花板的玻璃上产生了巨大回音。或许是对这回音感到害怕，他一言不发地继续往前走。广子对他的这种痛苦多少有些怜悯之情，但是毫不冲突地，多少也感到一丝享受。不过，不时被警卫和参观者瞥上一眼，这当然也令她心生不快。但从年龄上——或者更为确切地说，从服装上来看，他二人的关系绝对不会招致误解。她在这种心安理得之下，瞧不起似乎有些忐忑的笃介。也许于广子而言他是敌人。然而即便是敌人，也的确是与不谙世事的妹妹半斤八两的敌人……

"我想问的虽然并非如何大不了之事……"

当她走出第二展室时，不去注意他的眼睛，终于切入正题。

"我们只有母亲一人，您也——您双亲都健在吗？"

"不，只有父亲。"

"只有父亲。那您的确没有兄弟姐妹吧？"

"嗯，只有我一人。"

他们穿过了第二展室。第二展室外面是圆天花板下左右两侧有露台的房间，房间当然也是圆形。这个房间比天花板多出像走廊一般的宽度，隔着白色大理石栏杆可以看到下面的大门。他们极其自然地沿着大理石栏杆转着，谈论笃介的家人、亲戚和朋友之事。广子面带微笑，巧妙地将话题推进至相当难以启齿之处。但是，她却反而对自己和辰子的家庭情况守口如瓶。这未必是广子从一开始就看轻笃介是个少爷而作的计较。但是如果广子没有对这个少爷不屑一顾，她肯定会让他知道更多有关她自己家的情况。

"那么，您也没什么朋友吧？"

（未完）

1925 年 4 月

温泉来函

……我已在这家温泉旅馆①住了差不多一个月了。但是,最为重要的"风景"却连一张也未完成。先泡个澡,看看评书话本,散步于窄小的街道——日日生活在如此循环反复的种种琐事之中。连我自己也因如此无所事事而

---

① 伊豆的修善寺温泉。芥川于1925年4月至5月在此逗留了约一个月。

心生厌烦。（作者注：前段日子，樱花凋谢、鹁鸽飞来屋顶、射击用了七元五十钱、乡下艺伎之事、因观看安来节歌舞表演而叹为观止、采蕨菜、观摩消防演习、丢了零钱包等等诸如此类，洋洋洒洒写了十几行。）接下来，我顺便模拟小说风格报告一下真人真事。不过，我始终是外行，能不能写成小说尚未可知。只是听闻这个故事之时，我的心情恰好就像在看小说似的，请您以此种心情权且一看吧。

明治三十年代，有一个名唤荻野半之丞的木匠，住在这座城市的靠山之地。仅听荻野半之丞这个名字，可能会觉得他是个非常文雅的男子。但是他身高约一米九，重一百三十余公斤，是个不输太刀山[1]的彪形大汉。不，恐怕与他相比，太刀山也稍逊一筹。和我住同一家旅馆的一位客人——名为"na"字（这是遵从国木田独步[2]使用的国粹省略法。）的药材批发商家的小老板觉得半之丞的孩子心性较大炮[3]则更甚，同时又觉得他的脸和稻川[4]一模一样。

---

[1] 太刀山，一般指太刀山峰右卫门，大相扑力士。
[2] 国木田独步（1871—1908），日本诗人、小说家。
[3] 大炮，这里指大炮万右卫门，明治末期著名力士。
[4] 稻川，或为明治末期力士稻川政右卫门。

任谁都说半之丞是个极其良善的男子，且材优干济。然而有关半之丞的所有故事都或多或少有几分滑稽。如此看来，或者换言之，其趣味所在便是可能所有的大个子，其智商都有些捉襟见肘。在进入正题前，我先举其中一例。据我暂住旅馆的老板说，一个寒风凛冽的午后，这个温泉镇发生了一场地方性大火，烧毁了五十余户房屋。当时，半之丞正在一里开外的"ka"字村的一户人家上梁还是忙什么事。然而，一听说镇上失了火，他就火急火燎奔向"o"字街道。正好一户农家门前拴着一匹栗毛马。半之丞看到后，大概觉得日后再征得谅解便好，便迅速跨上那匹马，横冲直撞地跑上了街。目前为止，他的行为确实勇敢。可是马一跑起来，就立即冲进了麦田，然后在麦田里转了数圈，一个拐弯又穿过萝卜田，径直跑下了橘子山。最后，大个子半之丞被甩在白薯坑中，马却不知去向。遇上了这样的飞来横祸，他当然赶不上救火。不仅如此，半之丞遍体鳞伤，几乎是爬回了镇里。没承想事后一打听，那是匹无人问津的盲马。

在那场大火两三年后，半之丞将自己的身体卖给了位于"o"字镇的"ta"字医院。然而，虽说是卖身体，却并非像过去那般，承诺一辈子给人家当牛做马。而是他去世后，同意医院解剖自己的尸体，从而获得五百元的报酬。

不，他并没有马上拿到五百元。契约规定死后再拿两百元，因而当前按照契约只拿到三百元。那么，死后的两百元究竟会落入何人之手呢？按照契约的书面规定，要支付给"遗族或本人指定的人"。事实上若不这样约定的话，所剩的两百元也只是一纸空文。毕竟半之丞不仅没有妻子，更连一个亲戚也没有。

当时，三百元是笔大数目，至少对乡下木匠半之丞来说的确是一笔巨款。半之丞一拿到这笔钱，马上又是买手表，又是定做西装，一会儿又和"蓝漆"的阿松去"o"字镇，一下子奢侈至极。所谓"蓝漆"，是指铁皮屋顶涂上蓝色油漆的妓院。据说当时还不似东京风格，屋檐下还悬挂着丝瓜什么。因此那里的女人都有些土里土气的。不过，阿松在"蓝漆"也算第一美人。但是究竟是何等美人，我却是一无所知。只是据寿司店兼鳗鱼店的"o"字亭的女老板说，阿松是个肤色浅黑、头发卷曲、身材矮小的女人。

我从这个老婆婆那儿听来了很多逸闻趣事。其中有个让我觉得甚是可怜的"橘子痴"客人的故事，据说若是不吃橘子，这人就连一封信也写不了。但是这个故事还是等有机会再细说与您听。现在，半之丞迷恋上的阿松的杀猫一事却非说不可。阿松养了一只名叫"三太"的黑猫。一日，"三太"往"蓝漆"老鸨最上乘的一件衣服上撒了尿。那"蓝漆"的老鸨本就讨厌猫，因而这便不是抱怨与否之事。最后她连主人阿松都臭骂了一顿。于是阿松二话没说，将"三太"揣在怀里，走到"ka"字河的"ki"字桥上，将黑猫扔进了湛蓝的深水之中。后来——后来可能有些许夸张。总之据老婆婆说，事主老鸨打了"蓝漆"里的所有女人。那些女人脸上的伤痕肿得就像蚯蚓一样。

半之丞的极尽奢侈至多不过维持了一个月半个月。反正，即便他穿上西装大摇大摆，但是当鞋子做好之时，那费用已然付不起了。接下来的故事是真是假，我无法予以保证。但是据帮我剪头发的"fu"字轩的老板说，鞋店老板将鞋摆在半之丞面前，低头恳求说："那么，大师傅，就按成本价卖给您吧。要是什么人都能穿这双鞋的话，我也不想说这样的话。但是，师傅，您的鞋和仁王的草鞋一样大得吓人。"不过，即便按成本价，半之丞也买不起。这个镇子的人，不管问谁，都说从未见过半之丞穿皮鞋。

半之丞不仅没付上鞋的钱，过了不到一个月，他开始变卖那好不容易到手的手表和西装。要说他那笔钱去了哪儿呢？那是被他一股脑儿全给了阿松。可是，不仅是半之丞，就连阿松也是寅吃卯粮。据"o"字老板说，原来镇上妓院的女人每年一到祭财神那日晚上，就闭门谢客，自己圈子的人聚在一起弹弹三味线、跳跳舞。就连出这样的份子钱都曾经一度让阿松备感辛苦。不过半之丞对阿松相当迷恋。阿松一旦动了肝火，就会一把揪住半之丞的胸口，将他推倒在地，甚至会对他扔啤酒瓶之类。然而，半之丞无论受到何种对待，大抵都会反过来讨好阿松。只有一次，半之丞听说阿松和别墅看门的小子去了"o"字镇时，像变了个人似的暴跳如雷。这事或许有几分夸张。但是，若如实按照老太太所说来写，半之丞①是这样子的人。

如前所述，"na"字先生所知晓的应该是这一时期的半之丞。当时还是小学生的"na"字先生和半之丞一起去钓鱼，一起去爬"mi"字岭。当然，半之丞时常与阿松来往，为钱所困之事，"na"字先生全然不知。

---

① 这自然是田园牧歌式嫉妒的表现，但是在此不做赘述。——作者注

"na"字先生的故事与正题并无关系。只是有趣的是,"na"字先生回到东京后,收到了荻野半之丞寄来的一个小小包裹。体积是半纸①2000张大小,重量却特别轻。他以为是什么东西,打开一看是二十支装的"朝日"牌香烟空盒,里面塞有洒过水的青草,上面依附着几只红头萤火虫。好像为了让"朝日"空盒可以透气,盒子一侧还有用锥子开的一堆乱七八糟的洞。这看起来必定是半之丞所为。

据说"na"字先生本打算来年夏天还要去找半之丞一起玩耍,然而不幸的是,他的计划完全落空。这是因为在那年的秋分当日,半之丞给"蓝漆"的阿松留下一封遗书,突然离奇自杀了。那么,为何要自杀?——关于这一点与其让我说明,不如直接奉上半之丞留给阿松的遗书。不过,我抄写的并非遗书原本,而是我借住旅馆的老板的剪报册上贴的当时的报纸报道,所以我想,大致不会有什么差错。

"吾,若无金钱则无法与汝结为夫妇,亦无法照料你腹中之子。吾已厌倦这俗世凡尘,欲死。吾之尸

---

① 半纸,和纸的一种规格,半纸大小因时代地域而有所差别。现在一般为243mm×333mm。

体请送至'ta'字医院（或请他们派人来取亦可。）用此份契约可得两百日元，烦请你将这钱交予'a'字老爷（这是我所住旅馆的老板）销账。实在，实在是无颜再见'a'字老爷。所余之钱皆归汝。将一人赶赴黄泉之半之丞。致阿松。"

对半之丞自杀感到意外的并非只有"na"字先生。这个镇里的人做梦也没有想过这种事。若说在那之前有一点前兆的话，那便只有这桩事吧。秋分前的某日傍晚，"fu"字轩的老板和半之丞坐在店前的长凳上聊天。这时，一个"蓝漆"的女人突然从那里经过。那女人一看到两人，就说方才有火球从"fu"字轩的屋檐上飞过。于是，半之丞一本正经地说："那是方才从我嘴里出去的。"或许此时半之丞已在酝酿自杀事宜。然而，当时"蓝漆"的女人自然是笑着走开了。"fu"字轩的主人也——不，"fu"字轩的老板说，当时自己笑了笑，却也觉得"真不吉利"。

没过几日，半之丞就突然自杀了。且他的自杀并非上吊、抹脖子之类。在"ka"字河的浅滩里，有一个用木板围起来的叫"金刚杵汤"的公共浴池。他在这温泉的石制浴槽里泡了整整一宿，最终因心脏麻痹而死。据"fu"字轩老板说，隔壁烟草店的女老板当晚十二点前后去往公共浴池洗澡。这家烟草店的女老板因有妇科病什么的，半夜也会去那里。那时，半之丞那巨大的身体仍旧沉在温泉里。哎，现在还在泡澡？这让平日晌午也只套上一件罩衫，踩着河中的石头来到浴池里的女中豪杰也吓了一跳。半之丞没有回答女老板的话，只是在昏暗的水蒸气中，露出通红的脸，且连眼睛都不眨一下，目不转睛地望着屋顶的电灯。这情景必定让人毛发森竖。据说那女老板因此没能尽兴地泡个澡就着急忙慌地离开了浴池。

公共浴池的正中央有一个巨大的石制金刚杵，这便是"金刚杵汤"这名字的由来。据说半之丞在这个金刚杵前面，将和服细细叠好，将遗书绑在旁边木屐的固定绳上。毕竟尸体赤身裸体漂浮在温泉里，若无遗书的话，恐怕连是否为自杀都无从得知。据我所住的那家旅馆的老板说，半之丞之所以会选择如此死法，必定是因为他认为既然将自己卖给了"ta"字医院，若是让用于解剖的身体受伤就很是对不住人家。当然，原本这种说法在那个镇里并非定论。口轻舌薄的"fu"字轩的老板等人则提出极大异议："什么呀，什么对得住对不住的，他是觉着要是伤了身体，就拿不到那二百元了。"

半之丞的故事便到此为止。不过昨日午后，我和我住的那家旅馆的老板以及"na"字先生在狭窄的街道上散步时，顺便聊到了半之丞。对此我再稍作补充。对这个话题最感兴趣的与其说是我，毋宁说是"na"字先生。"na"字先生提着照相机，兴趣满满地向戴着老花镜的旅馆老板如此打听：

"那个叫阿松的女人后来怎样了？"

"阿松吗？阿松生下半之丞的儿子后……"

"可是阿松所生之子果真是半之丞的吗？"

"应该就是半之丞的孩子。因为可以说长得一模一样。"

"然后那个叫阿松的女人呢？"

"阿松嫁到了名为'yi'字的酒类商店。"

兴致高涨的"na"字先生露出多少有些失望的神情。

"半之丞的儿子呢？"

"带着孩子嫁过去的。那孩子又得了斑疹伤寒……"

"死了吗？"

"没，孩子得救了。但是阿松一直照料他，病倒了。已经死了十年了。"

"也是因为斑疹伤寒？"

"不是。医生说是什么来着，啊，是照顾病人累着了。"

那时我们正好走到邮局前面。在小小的日式房屋的邮局前,稚嫩的枫树伸展着枝条。被树枝半遮、满布灰尘的玻璃窗里,有一个身材矮胖,身着小仓棉质西装的青年正在办公。

"就是他,他就是半之丞的儿子。"

"na"字先生和我都停下脚步,不由自主地望向窗内。那个青年一只手撑着脸,另一只手在动着笔还是什么。他的模样让我们莫名高兴了起来。但是,如此世间,着实令人无可奈何。站在离我们两三步远的旅馆老板,透过眼镜回头看向我们,不知不觉间露出了浅浅的笑容。

"那家伙也'病入膏肓'了,老是去'蓝漆'。"

而后,我们一言不发地走到"ki"字桥……

1925 年 4 月

海　边

一

……雨仍旧下个不停。午饭过后，我们几人抽了几根敷岛牌香烟，就着东京的朋友们的传闻谈天说地。

我们所住之地，是悬挂有遮阳的苇草帘的两间六张榻榻米大小的厢房，面对着空无一物的院子。院子里说是空无一物，其实却有该地海边常见的筛草稀稀拉拉地在沙地上垂着穗头。我们刚来此地之时，穗还没有完全长出来，即便长出来的也大多是绿色。然而不知何时，所有的穗都变成茶褐色，每棵的穗尖上都挂着水珠。

"来吧，干点儿什么活儿吧。"

M[①]直挺挺地躺着，正在用浆得很硬的旅馆浴袍的袖子擦拭近视眼镜的镜片。所谓干活儿，是指每个月我们都必须为我们的杂志[②]写点什么，也就是创作。

M返回隔壁房间后，我以坐垫为枕，开始读《里见八犬传》[③]。昨日我读到信乃、现八、小文吾等人去救助庄助这一情节。"这时，蜑崎照文从怀里取出五包准备好的沙金，先将三包置于扇子之上……三犬士，此钱一包三十两。虽微薄之力，权且用做此次路费。此非余为诸位饯行之物，实为里见先生之心意。万勿推辞，敬请笑纳。"读至此，我想起前日收到的稿费，一张稿纸不过四十钱。我二人皆是今年七月从大学英语系毕业，因而，解决温饱问题迫在眉睫。我渐渐忘记了《里见八犬传》，

---

① M的原型人物可能为久米正雄。
② 1916年，久米正雄、芥川、菊池宽、松冈让等人发起的第四次《新思潮》杂志。
③ 原名《南总里见八犬传》，江户时代后期曲亭马琴（1767—1848）所著长篇小说，为日本古典长篇传奇小说之一。

考虑起当教师之事。然而，此间，我似乎陷入了睡眠，不知不觉间做了一个短暂的梦。

——似是深夜。我独自一人躺在防雨窗紧闭的厅堂内。这时有人敲门，向我喊道："喂，喂！"我知道防雨窗对面有一池塘。但谁在向我搭话，我全然不知。

"喂，喂，有件事想麻烦你……"

防雨窗外的声音这样说道。闻言，我心想："啊，是K这个家伙啊。"K比我们低一级，是哲学系一个软硬不吃、难以对付的男子。我依旧躺着，大声回答道：

"装出这副可怜的声音也没用。你又是为着钱的事吧？"

"不，不是钱的事。只是有个女人想让我的朋友们见一见……"

那声音无论如何也不像K。不仅如此，倒好像是某个惦念着我的人。我突然心神不宁起来，跳起来去打开防雨窗。实际上，这个庭院紧挨着檐廊的便是一个宽阔的池塘。那里别说K，就连一个人影都没有。

我远远地望了一会儿倒映着月亮的池塘。从池塘里漂浮着的海草来看，似乎已是潮水流入时分。这时，我发现眼前的池塘里荡漾起波光粼粼的涟漪。涟漪涌到我脚边，渐渐变成了一尾鲫鱼。鲫鱼在澄澈的水中悠然自得地摆动着尾鳍。

"啊，原来是鲫鱼跟我说话。"

我这样一想便放下心来——

当我醒来之时，熹微的阳光透过屋檐下的遮帘照射了进来。我拿着脸盆走到院子里，去靠里的井边洗脸。然而即便洗完脸后，方才做的梦依旧莫名其妙地如影随形。"换言之，梦中的鲫鱼便是下意识里的我自己啊。"——我多少生出了这种感觉。

二

……约莫过了一小时，我们头上缠着毛巾、顶着泳帽、趿拉着租来的木屐，前往五十米开外的大海游泳。木屐发出呱嗒呱嗒的声音，我们走下院子，直奔着海边而去。

"能游吗？"

"今天或许有点冷。"

我们一边避开茂密的筛草（若是不小心踏入沾满露

水的筛草中，小腿会痒得难以忍受），一边如此闲聊着走去海边。今天的温度于下海游泳来说肯定过低。然而，我们对千叶的大海——不，不如说是对这马上就要离开的夏日依依不舍。

这大海，我们刚来这里的时候自不必说，昨天还有七八个男女尝试冲浪。然而，今天不但没有人影，也没有竖起指示游泳区域的红旗，只有不停拍打着广阔海滩的滚滚浪花。在苇帘围起来的更衣处——一只茶色的狗在追赶细小的飞虫群。然而狗一看到我们，就立即逃往了对面。

我只脱下了木屐，实在没有去游泳的想法。然而不知何时，M已经将脱掉的浴袍和摘下的眼镜放在了更衣处。他一边将毛巾搭在泳帽上，一边啪嗒啪嗒地走进浅滩。

"喂，你打算下水？"

"好不容易来了啊。"

M在及膝的水里稍稍屈了屈膝，晒黑的脸上立即朝向这边露出了笑容。

"你也下来吧。"

"我不想。"

"唉，要是'嫣然'在的话，你会下水吧。"

"胡说八道！"

所谓"嫣然"，是我们在这里认识的点头之交，一个十五六岁的中学生。他并非什么美少年，倒是某些地方透出稚嫩小树一般的水灵。正好十日前的一个午后，我们从海里上来后倒在滚烫的沙子上。正好，他的身体也被海水打湿，拖着一块板子走了过来。然而，突然看到我们躺在他脚边，他灿烂地露齿一笑。M在他走过去后，对我微微苦笑："那家伙嫣然一笑啊。"自那以后，他在我们之间便得了"嫣然"这个昵称。

"说什么你都不愿意下水？"

"说什么也不。"

"你这个利己主义者！"

M淋湿身体，飞快朝向较深的海那边游去。我没有在意M，而是走到距离更衣处稍有距离的小沙山上，而后将借来的木屐垫在屁股下坐了下来，打算抽一根敷岛牌香烟。但是奈何风力强劲，火柴怎么也点不着香烟。

"喂！"

M不知何时折了回来，伫立在对面的浅滩上，不知在朝我喊着什么。但不巧的是，在连续不断的海浪声中，他的声音并未清晰地传入我的耳朵。

"怎么了？"

我还在这么询问之时，M已经披上浴袍，坐在了我身旁。

"那个，被海蜇蜇了。"

这几日来，海里的海蜇似乎突然多了起来。事实上，我的左肩到上臂处还留有前天早上被蜇出的针扎一般的痕迹。

"蜇了哪儿？"

"脖子周围。我一感觉被蜇了，就往周围一看，有好几只正游在水里。"

"所以我才不想下水。"

"谎话连篇——不过，我的海泳到此为止。"

岸边一望无际，除却被海水冲上来的海草，皆被白晃晃的阳光笼罩着，唯有云影不时飞驰而过。我们叼着敷岛牌香烟，沉默了一会儿，眺望着拍打着岸边的海浪。

"你教师的工作已经定下来了？"

M突然没头没脑地问道。

"还没有。你呢？"

"我吗？我……"

M欲说之时，我们突然被笑声和吵闹的脚步声吓了一跳。那是两个身着泳衣、头戴泳帽，与我们年纪相仿的少女。她们旁若无人地从我们身边走过，径直向岸边跑去。一人身着大红色泳衣，另一人身着像老虎花纹一样黑黄相间的泳衣。我们目送着那轻快的背影，不约而同地微笑着。

"她们也还没回去呢。"

M的声音似乎玩笑之中多少也带有些感慨。

"如何，再下去一次？"

"要是那家伙一个人，我就去。但是毕竟'肉乎乎'也在……"

我们像之前的"嫣然"一样，给她俩人中身着黑黄泳衣的少女取了个外号"肉乎乎"。所谓"肉乎乎"，是指她脸庞（德语：gesicht）的肉感（德语：sinnlich）。我们两人都对这个少女无甚好感。而另一个少女——M对她比较感兴趣。此时，他还只顾自己，自说自话道："你就选'肉乎乎'，因为我会选择她。"

"你就为她再下一次海吧。"

"哼，要发扬牺牲精神吗？——不过，她已经意识到我们在看她们。"

"意识到不是更好吗？"

"不，多少会生气的。"

她们手牵着手，已经走进了浅滩。海浪不断冲向她们的脚边，掀起水花。她们似乎害怕被淋湿一般，每当海水冲过来都跳起来。她们这般嬉戏，显得格外鲜活明艳，几乎让人觉得与这残暑之中孤寂的海岸极不协调。事实上，这不像人的颜色，其实更接近蝴蝶之美。我们一边听着乘风而来的她们的笑声，一边眺望着她们从岸边渐渐远去的身影。

"真是令人佩服的勇猛果敢啊。"

"还站着呢。"

"已经——不，还站着。"

她们早已放开手，各自朝较深的海里游去。她们中的一个——穿着大红泳衣的女孩的前进之势很是迅猛。然后她站在没胸的水里，招呼着另一个少女，高声叫喊着什么。即便从远处也可望见，她的脸在宽大的泳帽下露出生动的笑容。

"海蜇吗？"

"也许是海蜇。"

然而，她们却一前一后继续朝较深的海里走去。

直到只能看到两个少女的泳帽，我们这才终于从沙地上起身，而后也无甚交流（想必也是饥肠辘辘），慢悠悠地溜达回了旅馆。

三

……日暮时分，天气如秋日一般凉爽。晚饭用毕后，我们和回此镇探亲的朋友H以及旅馆的年轻老板N先生又去了一次海边。但我们四人并非为了一起散步而出门。H要去S村的伯父家，N先生则是要去同一村子的笼子店订购关鸡的笼子，各自因不同目的而外出。

沿海岸去往S村的道路，绕过高高的沙山山脚后，正好朝着与游泳区域相反的方向延伸。大海自然被沙山遮蔽，只能隐约听到海浪声。然而稀稀拉拉长出的草，结出黑色的穗，在海风中不断摇曳。

"这一带生长的草并非筛草吧——N先生，这叫什么？"

我拔下脚边的草，递给只穿一件棉麻质地的家居服的N先生。

"嗯。这不是蓼——这是何物呢？H先生应该知道。他与我们不同，他生长于此。"

我们也听说过，N先生是从东京来这儿当上门女婿的。不仅如此，听说他那自有房产的妻子去年夏天有了情人后就一起私奔了。

"关于鱼，H先生也比我清楚得多。"

"咦，H如此学识渊博吗？我还以为他只懂剑术呢。"

虽被M这样说，H依旧拖着断弓做的拐杖，只是默默笑着。

"M先生，你也会点什么吧？"

"我？我只会游泳。"

N先生点上香烟后，讲述了东京的股票交易员去年游泳时被日本鬼鲉蜇伤的故事。任谁说什么，那股票交易员都固执己见，硬说怎会被日本鬼鲉蜇伤，千真万确是被海蛇。

"真的有海蛇吗？"

但是能回答此问题的只有戴着泳帽、个头很高的H一人。

"海蛇吗？这片海里确有海蛇。"

"现在也有吗？"

"什么呀，现在很少见了。"

我们四个人皆笑了起来。这时，两个捕捞螺蛳的人提着鱼篓从对面走了过来。他二人都系着红色兜裆布，壮实魁梧。那被海水湿透的身影，与其说是可怜，不如说是寒酸。N先生与他们擦身而过之时，稍微应了一声他们的问候，说了一句"来洗个澡吧"。

"那种营生我可做不了。"

不知怎的，我突然觉得自己没准儿也会去捕捞螺蛳。

"是啊，根本做不了。不但要游进较深的海里，还要反复往海底潜。"

"而且一旦被冲到深水区，十有八九就没救了。"

H挥着破弓做的拐杖，大聊特聊深水区的故事。大的深水区能从海滩一直连到较深的海里，约六千米长。聊着聊着——这样的话也穿插其中。

"对了，H先生，那是何时之事？你说捕捞螺蛳之人的幽灵出现了。"

"去年——不，是前年秋天。"

"真的出现了吗？"

H在回答M之前已然笑出了声。

"不是幽灵。不过，据说闹鬼之处是一个充满海腥味的山背面的墓地。且那捕捞螺蛳的人的尸体上爬满了虾。所以尽管起初谁都不当真，却的的确确觉得有些瘆人。那时，一个当过海军士官的男人入夜后看守墓地，终于见到了幽灵。结果他抓住幽灵一看，只是虚惊一场。不过是与这捕捞螺蛳的人订下白首之约的小镇妓院里的女人。一时间又是点火，又是喊人，引起了相当之大的骚动。"

"那么，那个女人不是有意吓唬人而来此，是吗？"

"嗯，只是每晚十二点左右来到捕捞螺蛳的人坟墓前，一动不动地傻傻站着。"

N先生的故事是一部极其适合如此海边的喜剧。但是，无人在笑。不仅如此，不知何故大家皆一言不发地前进着。

"好了，从这打道回府吧。"

M说这话之时，我们已经不知不觉走到无风也无人的海岸。四周仍有光亮，隐约可辨宽阔沙滩上的鸟的脚印。然而，放眼望去，只有大海远远地在形成弧线的海岸留下一条细长水沫，四周越发漆黑起来。

"那便告辞了。"

"再见。"

与H、N先生分别后，我们不紧不慢地返回冷冰冰的海岸。除了拍打海岸的海浪声外，耳畔还不时传来清脆的蝉鸣。那是距此至少三百米远的松林里传来的蝉鸣。

"喂，M！"

不知不觉间，我已经落后 M 五六步远了。

"何事？"

"我们也回东京吧？"

"嗯，回去也不错。"

M 悠游自在地用口哨吹起了《漫漫长路至蒂珀雷里》。

1925 年 8 月 7 日

尼 提

舍卫城①是一座人口众多的都城。不过，相较于众多的人口，城镇的面积却并不大，于是厕所数量也极为有限。城里人为此大都特意出城方便。只有婆罗门②、

---

① 舍卫城是古印度佛教圣地。
② 婆罗门，古印度的种姓之中地位最高的一个阶层。

刹帝利①等人在便器里方便，得以免去奔波劳顿之苦。不过，这便器里的秽物必须有人收拾。处理这些的人便被称为除粪人。

头发已经发黄的尼提便是这除粪人之一，是舍卫城中最为贫穷，同时也是与身心洁净最无缘的人之一。

一日午后，尼提如往常一般，将各家的粪尿集中在大瓦器里，然后背着瓦器，走在店铺鳞次栉比的狭窄道路上。此时，从对面走来一个托钵僧侣。尼提一看到这僧侣，便觉得遇到了不起的人物。乍一看，这僧侣和普通人没甚两样。但是，从他眉宇间的白毫②和青蓝的眼睛看来，定是祇园精舍③的释迦如来。

毋庸置疑，释迦如来是三界六道的教主，是十方最胜、光明无碍、引导亿万众生平等的宗师。但这一切皆非尼提所能掌握。他只知道就连舍卫国的波斯匿王在如来面前也如臣子一般礼拜。还有鼎鼎大名的给孤独长者④，为

---

① 刹帝利，古印度的种姓之中仅次于婆罗门的一个阶层。
② 白毫，如来眉间所生的白色毫毛，《法华经》载："佛眉间白毫相放光，照东方万八千世界，靡不周遍。"
③ 祇园精舍，一般指祇树给孤独园，著名佛教圣地。
④ 给孤独长者，原名须达多，舍卫城富豪，波斯匿王的重臣。得祇陀太子帮助后共同修建祇园精舍。

建造祇园精舍买下祇陀太子①的园苑时，也只是用黄金铺地。在这样的如来面前，自己却背着粪器，这让尼提感到羞愧难当。他只好仓皇失措地拐向其他道路，以防有任何失敬之处。

但是如来在此之前就已发现尼提的身影。不仅如此，也早已看透他想拐向其他道路的动机。毫无疑问，那动机使如来的脸颊不由自主浮现出微笑。微笑？——不，不一定是"微笑"。如来对无智愚昧的众生有着比大海更为深沉的怜悯之情。他那双青蓝色的眼睛里甚至还浮现出一滴眼泪。动了如此恻隐之心的如来旋即决定凭借平生的神通之力，要让这个上了年纪的除粪人成为自己的弟子。

尼提这次拐进和方才一样狭窄的路。他回头确认如来没有跟来，这才如释重负。如来是摩迦陀国的王子，其弟子大多身份高贵。他罪孽深重，必须避免妄然靠近如来。然而现下幸运的是，他顺利地蒙蔽了如来的眼睛——尼提松了口气，停下脚步。然而不知何时如来面带威严的微笑，从他对面从容自若地朝这边走来。

尼提毫不顾及粪器沉重，又拐进另一条路。如来出

---

① 祇陀太子，舍卫国国王波斯匿王的太子。

现在他面前，实在不可思议。不过，或许如来是为尽快返回祇园精舍而走了近道。他又一次在刹那之间避开了如来的金身。至少这于他而言，也是一种幸福。尼提这般思虑着，眼见如来又从对面走来，大吃一惊。

在尼提第三次拐进去的道路上，如来依旧气定神闲地走着。

第四次，在尼提拐入的路上，如来又如同百兽之王一般闲庭信步。

尼提拐入的第五条路上也是——尼提在狭窄的路上拐了七个弯，七次都遇到如来迎面走来。特别是第七次，尼提拐进了没有退路的死胡同。如来见他狼狈不堪，便站在路中央，慢条斯理地向他招手。如来举起"手指纤长，甲如红铜，掌似莲花"的手，示意他"勿要害怕"。然而尼提却越发惊恐万状，最后连瓦器都掉在了地上。

"不胜惶恐，请您务必让我过去。"

尼提进退维谷，跪在粪便中，向如来苦苦哀求。但如来依旧面带威严的微笑，静静地俯视着他的脸。

"尼提啊，你不如也像我一样出家吧！"

如来发出响雷一般的声音召唤尼提。而尼提却不知所措，只得双手合十，仰望如来。

"我是如此卑贱之人,无论如何也不能与您的弟子们比肩。"

"非也非也,佛法无分贵贱,就像猛火烧尽一切大小好恶一般……"

其后——其后如来所言偈语,就如经文上所写那般。

约莫半月后,前来祇园精舍的给孤独长者在竹子和芭蕉间的路上遇到独自一人步行的尼提。他的打扮虽已是佛门弟子模样,却还是和做除粪人之时无甚两样。不过他的头发早已剃光。尼提一见长者前来,便在路边停下脚步,双手合掌。

"尼提,你真是幸运。一旦成为如来的弟子,便可以永远超越生死,畅游常寂光土。"

尼提闻言,越发殷切有礼地回应长者的这番话。

"长者啊,这并非我之过错。要怪就怪无论我拐到哪条路都一定会遇到如来。"

不过,据经文所载,尼提坚持专心听法后,终于证得初果。

1925 年 8 月 13 日

死　后

我有一个习惯，即便躺上床，若不读点什么书，便不能入眠。不仅如此，即便读了很多书，也时常辗转难眠。所以我的枕边总是摆着读书用的台灯和安眠药阿达林。那日晚上，我也如往常一般携两三册书钻进蚊帐，打开枕边的台灯。

"几点了？"

在一旁已睡了一觉的妻子发出声音。妻子让婴儿枕在手臂上,侧过身望向我这边。

"三点了。"

"已经三点了?我以为才一点左右呢。"我半心半意地应了一句,不再理会她说的话。

"吵死了!吵死了!闭嘴睡觉!"

妻子模仿我说话的口气,小声窃笑。不过没过多久,她的鼻子贴在孩子的脑袋上,不知何时已经悄悄地睡着了。

我就这般侧对着妻子,读着名为《说教因缘除睡钞》的一册书。这是享保年间①的和尚搜集中国、日本、天竺的故事结成的八卷随笔。不过趣闻自不用说,就连怪诞轶事也寥寥无几。我读着君臣、父子、夫妇等诸如此类五伦②部分的故事,渐渐睡意袭来。于是我关掉枕边的台灯,立即沉入睡梦。

梦中,我和S一起走在酷热难当的街道上。铺着碎石子的人行道只两三米宽。而且每家每户都挂着卡其色

---

① 享保年间,约1716—1736年。
② 五伦,古人所信奉的五种人伦关系和言行准则,所谓君臣、父子、兄弟、夫妻、朋友;君臣有义、父子有亲、长幼有序、夫妻有别、朋友有信。

的遮阳棚。

"真没想到你会死。"

S一边摇着扇子一边对我这样说。他大概觉得我可怜。但是他的说话方式却表明他似乎讨厌直截了当地表露出对我的可怜之意。

"你看上去似乎是能长寿的样子。"

"是吗?"

"我们都是这么说。呃……你比我小五岁吧。"S掐指一算,"三十四岁?三十四岁就死了。"——然后他突然陷入沉默。

我对自己的死亡并没有觉得如何遗憾。然而不知何故,我却觉得在S面前好像有些羞愧。

"工作也是中道而废吧?"

S再次瞻前顾后,试探着说道。

"嗯,有个长篇刚动笔不久。"

"尊夫人呢?"

"她很好。近来孩子也无病无痛。"

"那可是再好不过了。我们这般的人也不知道何时会死……"

我看了一眼S的脸。S还在沾沾自喜死的是我而非他自己——我对这一点心知肚明。S似乎也在一瞬间察觉到我的心思,露出了不悦的表情并且缄默不语。

沉默着走了一会儿,S用扇子遮阳,在一家颇具规模的罐头店前停下了脚步。

"那么,就此告辞。"

光线昏暗的罐头店里摆放有几盆白菊花。我打量了一眼这家店,不知为何突然想起:"啊,S家原来是青木堂[①]的分店。"

"你现今和令尊一起生活吗?"

"是啊,不久前开始的。"

"那么,再见。"

与S道别后,我立刻拐进下一条小巷。小巷拐角的装饰橱窗里摆着一架风琴,只有侧面的木板被拆卸下来,因而可见风琴内部。此外,风琴内部竖着排列着几个青竹筒。我看到这个不禁思忖:"原来如此,原来青竹筒也可以。"然后不知不觉间,我已经伫立在自家门前。

古旧小门和黑色围墙一如往常。不,就连门上方布满叶子的樱花树枝也与昨日所见别无二致。然而,门口的新名牌上写着"枾部寓"。我看着这个牌子之时,真

---

① 青木堂,洋酒店。

切地意识到自己已经一命呜呼了。不过，别说是进门，甚至从玄关往里走，我也丝毫未觉得不妥。

妻子坐在饭厅的檐廊上，正在做竹片铠甲。因而她周遭都是干竹片。但是放在她膝盖上的铠甲还只有下摆和躯干部分。

"孩子呢？"我一坐下就马上问道。

"昨日和姨母、奶奶一起去鹄沼① 了。"

"爷爷呢？"

"爷爷应该去了银行吧。"

"换言之，现在家里没人？"

"嗯，只有我和阿静。"

妻子依旧低着头，用针穿过竹片。但是我立即从她的声音里察觉出她在说谎，于是厉声说道：

"不是已经挂上'栉部寓'的名牌了吗？"

妻子大吃一惊地抬头看向我。那双眼睛透出每当被责骂必定会出现的手足无措的神色。

"已经有男人了吧？"

"嗯。"

---

① 鹄沼，当时的避暑地，位于神奈川县藤泽市。芥川岳父岳母家也在鹄沼。芥川曾于1926年4月至当年年末在此逗留。

"这么说，那人也在？"

"嗯。"

妻子已经全然灰心丧气，只是不停地摆弄着竹片铠甲。

"其实那也无妨，反正我已经死了……"我像是为了说服自己一般，继续说了下去。

"何况你还年轻，我不会对你说三道四。只要那人踏实可靠的话……"

妻子再次抬头看向我的脸。我望着她的脸，这时意识到一切都已无法挽回。同时，我感到自己的脸也渐渐失去了血色。

"不是什么正经人吧？"

"我不觉得他是坏人，可是……"

然而我清楚地知道，妻子对那桉部也无甚敬意。那么，为何要与那人结婚？就算这尚可原谅，但是妻子从那桉部的卑鄙之处反而找到某种安适坦然——这一点，我着实感到如鲠在喉。

"他是可以被孩子称为爸爸的人吗？"

"怎么会这么问……"

"没用的，无论你如何辩解。"

在我勃然大怒之前,妻子已将脸埋入袖子,肩膀不停地哆嗦、颤抖。

"你怎会如此愚蠢!如此,我死也不能瞑目。"

我实在坐立不安,头也不回地走进书房。只见书房门楣上挂着一根消防钩。那消防钩手柄上涂着黑红两色漆。有谁动过它。我正回想着,不知何时书房和周遭一切皆已不见,而我正步行于枸橘篱笆旁的路上。

路上已经暮色西沉。不仅如此,铺在道路上的煤渣也不知被细雨还是露水沾染得湿漉漉的。我仍然余怒未消,尽可能快步前行。但是不管我如何走,枸橘篱笆还是在我前方不断延伸。

我从梦中醒了过来。妻子和婴儿似乎依然平静地酣睡。然而,天空似是已经开始泛白,一片沉静中蝉鸣声清晰地从远方的树上传来。我一边听着蝉鸣,一边担心明日(实际上已是今日)脑袋会疼,想要赶紧再睡一会儿。可是,不但轻易睡不着,甚至适才的梦仍旧清晰可见。梦中的妻子可怜地被迫扮演着劳而无功的角色。S在现实中可能也是那般。我也是——于妻子而言我成了面目狰狞的利己主义者。特别是如果将现实中的自己与梦中的自己看作同一人格,则变成更加令人望而生畏的利己主义者。何况，我自己与梦中的我未必不同。一则为了入睡，二则为了避免病态的良心进一步发现，我咽下 0.5 克阿达林，昏昏沉沉地入睡……

1925 年 9 月

年末一日

……我走在杂木丛生，荒凉萧瑟的悬崖之上。悬崖下便是沼泽。有两只水鸟在靠近沼泽岸边之处游来游去。它们的颜色都近乎长有薄薄苔藓的石头之色。我对那水鸟也无甚稀奇之感。然而，它们的翅膀看起来过于鲜艳，实在令人恐惧。

……嘎吱嘎吱的声音将我从此梦中惊醒。似乎是在书房拐角房间的玻璃窗发出的声响。我忙于为杂志的新年号写稿,便宿在了书房。答应给三家杂志社写的三篇文章我皆不满意。但是无论如何,最后一项工作总算于今日破晓前大功告成。

床脚的推拉门上映出摇曳生姿的竹影。我下定决心爬起来,先到厕所去小解。近来尚未有哪日小便像今日这般冒出如此之多水蒸气。我对着便池心想:今日比往常冷得多。

姨母和妻子在客厅的檐廊上利索地擦拭着玻璃窗。那嘎吱嘎吱之声便是来源于此。姨母围裙之上用襻膊绑起,一边拧着水桶里的抹布,一边嗔怪道:"你啊,都已经十二点了。"确实已经十二点了。走廊尽头的客厅里,老旧的长火盆前不知何时已经备好了午饭。且母亲[①]已经在给我的次子多加志[②]喂牛奶和面包。但是,我习惯上依旧感觉是早晨,去往空荡荡的厨房洗脸。

吃完这顿早饭兼午饭,我钻进书房里的可移动被炉,开始阅读两三份报纸。报上的新闻尽是各大公司的奖金

[①] 芥川的养母芥川侪(1857—1937)。
[②] 芥川多加志(1922—1945),芥川龙之介次子,具有文学天赋。第二次世界大战中战死。

和羽子板的销量等等。然而我的心情却丝毫快活不起来。每次完成工作后，我总会感到莫名的虚弱之感，如房事后的疲劳一般无可奈何……

K君①来的时候还不到两点。我邀请他钻进被炉，谈谈眼下需要商讨的要事。身穿条纹西装的K君原是报社驻奉天的特派员，现在是总部的新闻记者。

"如何，要是得空，一同出去转转？"

谈完事情之际，我觉得一直呆呆地窝在家里实在难以忍受。

"嗯，四点前都有空……您想好去何处了吗？"

K君客气地反问道。

"没想好，去哪儿都成。"

"今日去墓地是否不可？"

K君所说的墓地是夏目老师②之墓。早在半年前，我就跟老师作品的忠实读者K君约定，要领他去老师的墓地。年底去扫墓——就我的心境而言未必不合适。

"那我们去墓地吧。"

我迅速披上大衣，和K君一起出了家门。

---

① 或指高野散录，《大阪每日新闻》的记者。
② 夏目漱石（1867—1916），日本著名作家。芥川曾师从夏目漱石。

天气虽然寒冷却是晴空万里。狭窄不堪的动坂①街道上，往来行人似乎也比平日多。过年时用来装饰大门的松枝和竹子倚在被称作"田端青年团集合地"的铺着木板房顶的小屋旁。我看着这样的街道，感觉自己少年时怀抱的腊月心情被唤醒了几分。

我们等了少顷，坐上开往护国寺②前的电车。电车内倒并不拥挤。K君立起大衣衣领，说起他最近好不容易得到老师的一张墨宝之事。

电车刚经过富士前车站之时，车厢中的一个灯泡突然掉了下来，摔得粉碎。正好在那里站着一位其貌不扬、身材不佳的二十四五岁女人，一只手提着一个大包裹，另一只手抓着吊环。灯泡落地瞬间似乎擦过她的刘海儿。她露出怪异的神色，环顾了一遭车内的其他人。那是一副想博取同情，或者说至少是想引人注意的表情。但是，车内众人都不约而同地冷漠以对。我与K君说着话，看到她那失落的神情，与其说是觉得可笑，毋宁说感到无常。

我们在终点站走下电车，经过街道上卖注连绳装饰的临时摊贩，走向位于杂司谷的墓地。

---
① 东京都文京区动坂町。
② 护国寺是位于日本东京都文京区的真言宗寺院。

墓地里，高大银杏树的树叶已经落尽，一如往常寂静无声。中央宽阔的砂石路上居然连扫墓的人影都没有。我走在 K 君前面，拐向右边的小路。这条小路被光叶石楠的树篱和红锈斑斑的铁栅栏包围，其间排列有大大小小的坟墓。然而，再怎么往前走，也仍未找到老师的墓。

"是不是方才那条路？"

"或许是吧。"

我一边沿小路折回，一边想，每年十二月九日①我都忙于为新年号写稿，很少为老师扫墓。但是即使没来几次，我也难以相信自己竟不记得老师的墓地所在。

另一条稍宽的小路上同样没找到坟墓。这次我们没有掉头，而是在树篱间向左转。然而依旧没有找到坟墓。不仅如此，甚至连我记忆中的几块空地也找不到了。

"也没有个能问路的人……真伤脑筋啊。"

我从 K 君的这句话里清清楚楚地感受到近乎冷笑的意味。但是我答应要带他来此在先，便也没理由生气。

我们不得已只能将大银杏树作为参照物，再次走上一条小路。然而，仍旧没能找到。我自然焦躁不已，但是表面的烦躁之下还潜藏着一种奇怪的委屈之感。不知

---

① 夏目漱石于 1916 年 12 月 9 日去世。

不觉间我感受着大衣下自己的体温，想起以前也曾体会过如此心情。那是我年少之时被一个孩子头头欺负，强忍着眼泪回家时的心情。

经过几番来回进出同一条小路后，我向一位正在焚烧干枯的供奉花草的墓地清扫女工问了路，终于将 K 君带到老师那规模颇大的墓前。

这墓比我上次看到它的时候要老旧得多。此外，坟墓周遭的土壤也一直被霜冻侵蚀，显得荒芜衰败。除却似是九日供奉的冬菊和南天竹花束之外别无可亲之物。K 君特意脱掉外套，朝着墓恭敬有礼地鞠了一躬。然而事已至此，我无论如何思虑，也难以提起与 K 君一起若无其事行礼的勇气。

"已经多少年了？"

"刚好九年了。"

我们这般说着话，走回护国寺前的终点站。

我与 K 君一起坐上电车，只我一人在富士前站下了车。拜访过在东洋文库[①]的一位友人[②]后，我于日暮时分

[①] 东洋文库，位于东京文京区的东洋文化图书馆、研究所。现在为日本国立国会图书馆分馆。
[②] 推测为芥川高中、大学时代的学友石田干之助。

回到动坂。

动坂的街道上,因为时间关系人流比先前更为熙熙攘攘。不过,一走过庚申堂,行人就开始渐渐减少。我被动地跟随人流,只盯着自己的脚尖走在起风的路上。

这时,墓地后的八幡坂下有一个拉货车的男人,手扶着车把正在休息。乍一看那货车很像肉铺用的车。但走近一看,那宽大的后门上横向写着"东京胞衣公司"字样。我从后面跟他打过招呼之后,便猛力帮忙推车。这车确实稍推几下都会嫌弃其肮脏。但是我的确也觉得,只要出点力就能好受一些。

北风时而从长长的坡道上直直吹拂下来。墓地里树木光秃秃的树梢也随风摇曳发出飒飒声响。我在这昏暗之中莫名心潮澎湃,似是在跟自己作斗争一般心无旁骛地推着货车前行。

1925 年 12 月

湖 南 扇

除广东出生的孙逸仙①之外，熠熠生辉的中国革命家——黄兴、蔡锷、宋教仁等人皆是在湖南出生。不言而喻，这大概是受曾国藩、张之洞的感化吧。然而若想对此种感化加以阐述，则不能不考虑到湖南人自身所具有

---

① 孙逸仙，孙文（1866—1925），号逸仙，化名中山樵。出生于广东省。

的那种不服输的顽强心性。我前往湖南旅行之际，偶然遭遇下述一件颇有小说色彩的琐事。这件事或许体现出古道热肠的湖南人的面貌。

大正十年①五月十六日②下午四点左右，我乘坐的"沅江丸"轮船横靠在长沙的栈桥。

数分钟前，我便倚靠甲板上的栏杆，眺望着渐渐逼近左舷的湖南省会。阴云笼罩下的高山之前，堆叠着白墙和瓦屋顶的长沙，比我想象中还要破旧不堪。而在极为狭窄的码头附近，可见新建的西式红砖房和夏柳等等，这简直与饭田河岸③相差无几。当时，我对长江沿岸的大多城市都已幻想破灭。因而我料想长沙大概也是大同小异，除了猪以外便无甚看头。即便如此，如此破败之景却仍旧让我有种近乎失望之感。

"沅江丸"好似顺应命运一般一步步逼近栈桥。同时，碧绿的湘江之水的宽度也在慢慢收窄。这时，一个脏兮兮的中国人提着提篮，还是什么物件，突然在我眼前飞身跳到了栈桥上。这实际上与其说是人类，倒不如说近

---

① 大正十年，1921年。
② 实际上，芥川于1921年5月29日自汉口出发前往长沙，6月1日返回汉口，共4天3晚。
③ 饭田河岸，位于东京都文京区饭田町。

乎蝗虫的灵巧。正当我还在如此思量时，一个手持扁担的人又从水上漂亮地跃了过去。紧接着两个、五个、八个——眼见着我眼前的栈桥上挤满了无数不断跳过去的中国人。这时，不知不觉间船已经威武地耸立在西式红砖房和柳树等等之前。

我最终离开了栏杆，去寻与我同公司的B先生。在长沙生活了六年的B先生今日按理应该特地前来"沅江丸"停靠之处迎接我。可我却轻易找不到一个像是B先生的人。在舷梯上上上下下的尽是有老有少的中国人，他们相互推挤，嘴里还在叫嚷。特别是一个老绅士要下舷梯之时，却又折回来对身后的苦力拳打脚踢。这般场景对自长江溯流而上的我来说根本算不上稀罕场面。但是，我也不会因为见惯了就要为这种热闹而对长江心怀感激。

我渐渐焦急起来，再次来到栏杆旁，眺望着人来人往的码头。可是别说最为重要的B先生，那儿连一个日本人的影子都看不到。不过我在栈桥的对面——绿荫如盖的柳树下发现一个中国美人。她穿着浅蓝色的夏装，胸前悬挂着一个锁片什么的，看上去宛如一个孩童。或许正是因为这一点，我的双眼才被她吸引。不过，她正仰视着高高的甲板，鲜红的嘴唇边浮现出微笑，用半开的扇子遮着脸，好像在和谁打着信号一般……

"喂！叫你呢。"

我大吃一惊，回过头去。一个身着灰色大褂的中国人满面笑容，不知何时出现在我身后。我一时想不起这个中国人是谁。然而，我突然从他脸上——特别是从他稀疏的眉毛，认出了这位旧友。

"啊，是你？是了是了，你说过你是湖南人。"

"嗯，我在这儿开业了。"

谭永年和我是同期，由第一高等学校升入东京大学医学系，是留学生中的才子。

"你今日来接谁呀？"

"嗯，来接谁呢？你以为是谁？"

"该不会来接我的吧？"

谭歪了歪嘴，露出一副好似火男①面具的笑脸：

"但我就是来接你的，B先生不巧五六日前患上了疟疾。"

"那么你是受B先生之托来的？"

"他就是不托我，我也打算来的。"

---

① 火男，日本传统面具，造型滑稽古怪。

我忆起，以前他就待人极好。在我们的宿舍生活中，谭从未给人留下不好的印象。若说就算在我们之间多少有点招人厌的话，那也不像我们同寝室的叫菊池宽的给人印象不好，不管是谁说起来都要想到他……

"但是给你添麻烦真是对不住。实际上，我连寻住处之事也一并托与B先生了……"

"住处已与日本人俱乐部协商，住半个月、一个月都没关系。"

"一个月也行？别开玩笑了，只要让我住三晚就足够。"

与其说是惊讶，不如说是谭脸上顿时失了笑容。

"只住三晚？"

"不过，要是能看到土匪砍头或是其他什么热闹就另当别论了……"

我一边回答着，内心预测长沙人谭永年会苦起脸来。但是他恢复了笑容，毫不介怀地回答：

"哎呀，要是你早来一周就好了。看见那儿有块空地吧？"

他说的是西式红砖房前——正好是枝叶扶疏的柳树下。但是方才的那个中国美人不知何时已没了踪影。

"前几日在那里一下子有五个人被一起砍了脑袋。你看，就是狗正走过的那儿……"

"那实在可惜。"

"唯独斩刑在日本看不到。"

谭大笑后，一下子表情变得认真起来，自然地将话锋一转：

"那么咱们出发吧，车在那儿等着呢。"

第三日，也就是十八日下午，我应了谭的再三邀请，前往湘江对面的岳麓去观赏麓山寺和爱晚亭。

两点前后，我们乘坐的摩托艇行驶在被当地日本人称为"中之岛"的三角洲之右，在湘江上向前行驶。晴空万里的五月天，两岸风景鲜丽非凡。在我们船的右边绵延着的长沙的白墙和瓦房顶也亮堂起来，昨日的阴郁早就无影无踪。围有长长石墙的三角洲上，柑橘树枝繁叶茂；随处可见的精致小巧的西式房舍，且西式房舍之间在绳上晾晒的衣物也很是闪亮。一切都显得生机勃勃。

谭需要对年轻船长发号施令，所以站在摩托艇前部。但是他并未如何指挥，而是一直在跟我说话。

"那是日本领事馆……你用这个小型望远镜吧……在它右边是日清汽船公司。"

我叼着雪茄，一只手放在船舷外，享受着手指不时碰到湘江水的触感。谭的说话声是我耳边唯一的一连串噪声。但是按照他手指之处去欣赏两岸风景当然不会让我不快。

"这个三角洲名为橘子洲……"

"啊，有鹰在叫。"

"鹰？嗯，这儿有很多鹰。对了，张继尧和谭延闿打仗的时候呢，张继尧部下的尸体好多都冲到这条河里来了。一具尸首上还站着两三只鹰呢……"

恰好谭话说一半之时，另一艘摩托艇在距离我们十来米处，与我们的摩托艇擦身而过。那艘摩托艇上除一个穿中式服装的青年外，还坐着两三个打扮明艳的中国美人。比起看那几个中国美人，我其实目不转睛地注视着那艘摩托艇是如何破浪前行的。但是谭话说一半，一见那几人完全就像寻到仇人一般，急急忙忙地将望远镜递与我。

"你看那个女人，就是坐在船头的那个女人。"

我是越被人催促就越是倔强倨傲的性子，这是遗传自父母的犟脾气。那艘摩托艇掀起的浪花荡涤着我们的船舷，甚至湿透了我的袖口。

"为何？"

"哎呀，你先别问为何，快看那个女人。"

"是否美人？"

"是，美人，美人。"

他们的摩托艇不知不觉间距离我们有将近二十米远了。我这才转过身去，调节望远镜的焦距。我一下子产生了离我们而去的摩托艇铆足了劲儿向后退回来似的错觉。在望远镜的圆形框里，"那个女人"正稍稍偏着脸，似乎在听谁说话，还不时露出微笑。脸略方的她，除却大大的眼睛外，也未见得如何漂亮。不过，她的刘海儿和淡黄色的夏装随江风飘动。那衣袂飘飘之态远远看上去的确楚楚动人。

"瞧见了吗？"

"嗯，连睫毛都看仔细了。但是并非什么美人啊。"

我和似乎面露得意之色的谭再次四目相对。

"那个女人怎么了？"

谭这时一改往日的喋喋不休，慢悠悠地给烟点上火，答非所问地反问我：

"昨日我不是说了——栈桥前的空地上有五个土匪被砍了头吗？"

"嗯，我记得。"

"那伙人的头目叫黄六一。对，那个家伙也被砍了头。听说那家伙右手抄步枪、左手拿手枪，可以同时开枪射杀两人。即便在湖南也是臭名昭著的坏蛋……"

谭突然讲起黄六一的生平恶事。他讲的似乎大多是从报纸上看来的。不过幸而比起血腥味，实际上黄的一生极具浪漫色彩。比如黄平日被那些走私者称作黄老爷；他抢了一个湘潭商人的三千块钱；扛着腿上中枪的副头目樊阿七游过了芦林潭；还有他在岳州的一条山道上用枪射倒了十二个步兵。谭热情地讲个不停，甚至让人觉得他像是黄六一的崇拜者。

"无论如何，你知道吗？据说那个家伙杀人掳人，居然犯下一百一十七桩案子。"

他在讲述过程中时不时加上这样的注释。当然我只要自己没受什么损害，并不讨厌土匪。但是总是听这种无甚区别的勇武故事，多少有些索然无味。

"那么那个女人是怎么回事？"

谭这才笑嘻嘻地讲起来。那回答和我内心的猜测相差无几。

"那个女人就是黄六一的情妇。"

我没能如同他预期一般发出惊叹。我叼着雪茄,做出阴沉的表情也是不容易。

"呵,土匪也甚是风流嘛。"

"哼,黄六一那些人可会了。比如说晚清有个强盗蔡,他一个月收入超过一万块钱。那家伙在上海租界堂而皇之地购置洋房,妻子自不必说,连小老婆都……"

"那么,那个女人是妓女之流吧。"

"是妓女,名唤玉兰。黄六一活着的时候,她可风光了……"

谭好像想起了什么似的暂时打住了话头,只是面露微笑。过了一会儿,他将烟扔了出去,郑重其事地跟我商量起来:

"岳麓有所湘南工业学校,先去参观一下,如何?"

"嗯,看看也无碍。"

我有些含糊地回答。这是因为昨日前往一所女校[1]参观,那里极为强烈的排日氛围让我心生不快。可是载着我们的摩托艇却丝毫不在意我的心情,围着"中之岛"绕了一大圈,依旧在澄澈的水面上笔直驶近岳麓……

---

[1] 女校指的是于1912年成立的湖南省立第一女子师范学校,位于天心阁附近的古稻田,又称稻田女师。

当晚，我与谭一起走上了一家妓院的楼梯。

我们走进了一个二楼的房间里，摆放在中间的桌子自不必说，连椅子、痰盂和衣柜都与上海、汉口妓院里的陈设几乎一模一样。只不过，这间房间天花板的一个角落上，靠近玻璃窗一侧悬挂着一个精致的铁丝鸟笼。笼子里有两只松鼠在木棍上跳上跳下，却没有发出一点声响。这鸟笼和窗户、门口悬着的红色印花布都很是罕见。但是至少在我眼里，这些都让人有些不快。

在这个房间迎接我们的是个微胖的老鸨。谭一见她就开始滔滔不绝。那个女人也满脸笑容，机敏灵活地应对着。但是他们说的话我却是一句也听不懂。（这自然不是因为我不懂中国话，对于听得懂北京官话的耳朵而言，要理解长沙话也绝非易事。）

谭和老鸨聊完，便在红木桌旁与我相对而坐，并开始在老鸨拿来的铅字局票①上写妓女的名字。张湘娥、王巧云、含芳、醉玉楼、爱媛媛——在我这个旅行者看来，皆是些与中国小说女主人公相得益彰的名字。

"再叫上玉兰吧？"

我本打算回答，可是正巧我在抽老鸨帮忙点上的香

---

① 局票，旧时用来召唤妓女相陪的字条。

烟。谭隔着桌子看了我一眼便毫不迟疑地继续挥笔。

此时，一个戴细金边眼镜、容光焕发的圆脸妓女落落大方走了进来。她穿一件白色夏装，手上佩戴的好几颗钻石闪闪发光。另外她还拥有似是网球或是游泳选手一般的身材。这样的女人，其美丑、善恶倒还是其次，我首先痛切地感觉到不可思议的矛盾感。实际上她与这房内的氛围，尤其与鸟笼里的松鼠的确未有丝毫协调之感。

她用眼睛略略施礼后，像跳舞一般走到谭的身边。且她一坐到谭的身边就将一只手搭在谭的膝上，娇滴滴地说了些什么。谭——谭自然十分得意一般连声答道"是了，是了"。

"她是这家的妓女，叫林大娇。"

我听谭如此说道，忽然想起他是长沙屈指可数的有钱人家的少爷。

约莫十分钟后，我们依旧相对而坐，开始吃晚饭。晚饭是蘑菇、鸡、白菜什么的四川菜。除林大娇外，还有一大群妓女围在我们身边。此外，她们身后还有五六个戴着便帽的男人拉着胡琴。妓女们坐着，时而伴着胡琴声高声吟唱起来。这对我来说也并非完全枯燥无味。

不过比起京调的《挡马》①、西皮调的《汾河湾》，我对居于我左侧的妓女更有兴趣。

坐在我左侧的正是前日我在"沅江丸"上只稍稍瞟见一眼的那个中国美人。她浅蓝色的夏装上还挂着那块锁饰。虽说凑近看上去，她有些病弱之态，但是让我意外的是，她并无那种天真无邪之感。我看着她的侧脸，忽然想起背阴地上培育的小小种球来。

"喂，坐在你身旁的是……"

谭因老酒涨红的脸上露出亲切的微笑，隔着盛满虾的盘子，突然对我说道：

"她是含芳。"

我一看到谭的脸，不知为何已没了与他剖白前日之事的心情。

"她说话好听，发起R音之类的就像法国人一样。"

"嗯，她是北京生人。"

含芳似是也明白自己成了我和谭的谈资。她不时迅速看我一眼，一面语速极快地与谭一问一答。可是此时

---

① 日语原文为《党马》，但是根据资料显示并无此戏剧。有学者猜测可能为《当铜卖马》，即秦琼欲卖马当铜的故事，但是出场人物多为男性。根据此处为女子所唱，考虑可能为《挡马》，描写杨八妹女扮男装，入辽刺探军情的故事。

与哑巴相差无几的我依旧与平时一样，只能比对着两人的神色。

"她问你何时来的长沙，我回答说前日刚到。她说她前日也去码头接人来着。"

谭这般翻译给我听后，再次向含芳搭话。含芳微笑了一下，像孩子一般拒绝着。

"哼，我问她去接的谁，无论如何她都不肯坦白……"

这时，林大娇突然用手里的烟指向含芳，像嘲弄一般对含芳大声说着。含芳似乎真的大吃一惊，突然按住我的膝盖。然而，她终于恢复微笑，马上回了一句。我自然对这出戏——或是隐藏在这出戏背后的她们之间意外深刻的敌意充满好奇。

"嘿，说了什么呢！"

"她说没去接谁，去接的妈妈。什么，在这里的先生说是去接叫×××的长沙唱戏人还是什么的。"（不巧的是我没将那名字记在本子上。）

"妈妈？"

"说是妈妈，就是名义上的母亲，就是带着她、玉兰，还有其他人的妓院老鸨。"

解答完我的疑问，谭趁着一杯老酒的劲儿，突然侃侃而谈起来。他所说的话，除"这个这个"外，我皆没听懂。不过，从妓女和老鸨都聚精会神地听着来看，想必在说什么趣闻。不仅如此，从他们不时看我一眼的情形来看，似乎他们所说之事至少有一部分与我有关联。我本来在众人面前坦然地叼着烟，却渐渐地开始坐立不安。

"傻瓜！在说什么呢？"

"什么？在说今日去岳麓的途中碰到玉兰之事。还有……"

谭舔了舔上唇继续解释，兴致比方才还要高涨。

"还有，说你想看砍头。"

"什么呀，真是无趣。"

我听着他的解释，对尚未到场的玉兰自不必说，就连对她的伙伴含芳也没了同情。但是当我看到含芳的脸时，理智上觉得自己已经洞悉了她的心情。她晃动着耳环，在桌子底下的膝盖上时而将手绢叠起时而又解开。

"那这个也无趣吗？"

谭从身后的老鸨手里接过一个小纸包，很是得意地打开。纸包里还包着一层，打开后露出了一块煎饼大小、巧克力色的、干干的、奇怪的东西。

"什么，这是何物？"

"这个？这不过是块饼干——那个，此前不是与你说了那个叫黄六一的土匪头目吗？这上面可是浸透着黄六一脖子上的血。这才是在日本看不到之物。"

"那这个东西又用来做什么？"

"用来做什么？就是用来吃。这里的人仍旧相信，若是吃了这个，便可以消灾祛病。"

谭明朗地微笑着，和此时正要离席的两三个妓女打着招呼。不过，他一看见含芳，就好似乞求怜惜一般和含芳说笑，甚至还抬起一只手，指着坐在对面的我。含芳稍稍犹豫了一下，终于再次露出微笑，在桌前坐了下来。我觉得她十分可爱，于是避开其他人的视线，偷偷握住了她的手。

"这种迷信简直是国家耻辱。从我们医生这一职业角度上，话都说倦了，然而……"

"这只是因为有斩头刑的关系。日本也有把脑髓烤焦了吃的。"

"怎么会？"

"不，没有什么不会呀。我都吃过，当然还是孩子的时候……"

正在我说话间，我发觉玉兰已经来了。她和老鸨站着说了一会儿话后，就在含芳的旁边落了座。

谭一看玉兰来了，又将我晾在一边，转向她示好、献殷勤。玉兰比在室外的阳光下所见更显几分娇俏。至少每当她笑的时候，她的牙齿的确像珐琅一样闪着光芒，甚是动人。不过我看到她的牙齿，一下子就想到了松鼠。松鼠现今仍在垂着红色印花布的玻璃窗旁边的鸟笼里。两只都在灵敏地上蹿下跳。

"这样，你来一片如何？"

谭把饼干掰开给我看，那断裂面也是巧克力色。

"胡说。"

我自然摇了摇头。谭大声笑过，这次则是拿了一片饼干劝旁边的林大娇吃。林大娇眉头微蹙，斜着推回了他的手。他和几个妓女反复开着同样的玩笑，来来回回最终他将褐色的一片递到始终和颜悦色、端坐不动的玉兰面前。

我忽然感到某种想要闻闻饼干气味的诱惑。

"喂，那个拿给我瞧瞧。"

"嗯，这儿还有半片。"

谭就像左撇子一样将剩下的半片丢了过来。我从小盘子和筷子之间拿起了那片饼干。可是好不容易拿起来，却又突然不想去闻了,我不动声色地将饼干丢去了桌子底下。

这时玉兰盯着谭的脸,说了那么两三句。而后她接过饼干,便朝盯着她的众人很快地说了些什么。

"怎么样?要不要给你翻译一下?"

谭的胳膊支在桌子上,手捧下颌,缓缓地用不大利索的舌头问我。

"嗯,你翻译给我听。"

"那我就逐字翻译了。我乐得品尝我爱的——黄老爷的血……"

我发觉自己的身子在颤抖。原来这是因为按住我膝盖的含芳的手在发抖。

"愿诸位也像我一样——将你们所爱之人……"

玉兰在谭说话间,不知何时已经开始用漂亮的牙齿咬那片饼干……

我按照原定计划住了三晚。五月十九日下午五点前后,我和此前一样靠在"沅江丸"的甲板栏杆上。交叠着白墙和瓦房顶的长沙不知为何让我有些毛骨悚然。这必定有一步步逼近的暮色之缘故。我叼着雪茄,数度想起谭永年嘻嘻哈哈的脸。然而不知何故,谭没来送我。

"沅江丸"从长沙出发的时间大约是七点或是七点半。我用完餐后，在昏暗的船舱电灯下，算出了我滞留长沙的花费。我眼前有一把扇子，放在不足两尺的桌子上。扇上的桃色流苏垂在桌子之外。这把扇子不知是谁在我来之前忘在这里的。我用铅笔写写画画，时不时又想起谭的脸。究竟他为何要折磨玉兰，我百思不得其解。但是我的花费，至今都还记得，换算成日元的话，正好十二元五十钱。

1925年12月

卡　门

是革命[①]前呢,抑或革命后?不,并非革命前。是何缘故说并非革命前呢?因为我仍记得当时偶然听到的爱

[①] 1917年俄国革命。1917年3月的二月革命,罗曼诺夫王朝被推翻。1917年11月的十月革命,临时政府被推翻,苏维埃政权建立。

罗先珂[1]说的俏皮话。

一个闷热将雨的夜，身为舞台导演的T君驻足于帝国剧场[2]的露台上，一边单手持苏打水杯，一边与诗人爱罗先珂聊天。就是那个顶着一头亚麻色头发的盲人诗人爱罗先珂。

"这是时局使然，俄国大歌剧团才千里迢迢前来东京演出。"

"因为布尔什维克是过激派。"

这番问答发生于首场演出后的第五日晚上——《卡门》首演当晚。我甚是喜欢原定扮演卡门的伊伊娜·布鲁斯卡娅。伊伊娜是个大眼睛、鼻翼隆起、很是性感的女人。我自然期待看到扮演卡门的伊伊娜。然而第一幕伊始，我就发现扮演卡门的并非伊伊娜，而是一个淡蓝色眼眸、鼻梁高挺、面相寒酸的女演员。我和T君在同一特别席区域里穿着礼服并排而坐，不可谓不失望。

"扮演卡门的不是我们的伊伊娜！"

---

[1] 此处若按照日文原文直译则为丹钦科，俄国作家、记者，于1908年来到日本，时间上不符。联系后文，提及其为盲人诗人，并联系日经历，推测此处应为爱罗先珂。爱罗先珂（1890—1952），俄国诗人、童话作家、语言学者、教育家。爱罗先珂幼年因麻疹失明，于1914年前往日本，后于1921年被逐出日本，辗转于中国多地，并与鲁迅等人相交。

[2] 东京都千代田区丸之内的帝国剧场。日本首家西式剧院，建于1911年。

"听闻伊伊娜今晚在休息。其中缘由倒是颇为浪漫。"

"发生了何事?"

"听说有个旧帝国[①]的侯爵追随伊伊娜而来,前日抵达东京。然而,伊伊娜不知何时接受了一个美国商人的照顾。看到那家伙的侯爵万念俱灰,昨夜在饭店房间里上吊自杀了。"[②]

听着这话,我想起一个场景。深夜时分,在饭店的一个房间里,正在摆弄扑克牌的伊伊娜被一大群男男女女团团围住。穿着黑红相间衣服的伊伊娜看起来似乎在玩吉卜赛占卜。她一边对T君微笑着,一边说:"这回我来看看你的运势。"(或许应该说我听人这样说。除"是"这一词外,全然不懂俄语的我当然只能请精通十二国语言的T君来帮我翻译。)然后,她翻看扑克牌之后说道:"你比那个人更幸福。你可以与你所爱之人结婚。"那个人指的是在伊伊娜身边正在和谁交谈着的俄国人。可惜,我不记得"那个人"的长相和着装,只记得他胸前佩戴的石竹。因失去伊伊娜的爱而上吊自杀的,说不定

---

① 旧帝国,指1917年俄国十月革命前的俄国。
② 当时报纸上有类似报道,据报道说,一俄国人在帝国饭店自杀,或是因为对大歌剧团明星绝望。但是芥川对此事进行了相当程度的改写和虚构。

就是那日晚上的"那个人"。

"如此,她今晚应该不会来了。"

"要不要出去喝一杯?"

T君自然也是伊伊娜的粉丝。

"还是再看一幕吧。"

我们与爱罗先珂说话的小插曲大概发生在这两幕的幕间。

下一幕对我们来说依旧无趣。但是,我们就座还不到五分钟,就有五六个外国人走进我们正对面的特别席区域。且站在他们最前面的,毫无疑问,正是伊伊娜·布鲁斯卡娅。伊伊娜坐在区域最前面,一边扇着孔雀羽毛扇,一边怡然自得地望着舞台。不仅如此,她还与同行的外国男女(她的男人,那美国商人必定也在其中)谈笑风生。

"那是伊伊娜吧?"

"对,是伊伊娜。"

我们终于看完最后一幕——何塞[①]抱着卡门的尸体,悲恸高喊"卡门!卡门!"才离开特别席区域。当然,与其说是为了看舞台,实则更是为了看伊伊娜·布鲁斯

[①] 《卡门》第四幕,唐·何塞刺死了卡门。杀了自己最爱的女人卡门后,唐·何塞坦白了自己的罪行。

卡娅。为了看这个杀死了那个男人却丝毫不以为意的俄国卡门。

两三日后的一个晚上,我和T君坐在一家餐厅角落里的桌子旁。

"你有没有发现,自那晚起,伊伊娜的左手无名指上一直缠着绷带?"

"这么一说,好像是绑着绷带。"

"那晚,伊伊娜一回到饭店……"

"不行,你不能喝那酒。"

我提醒T君。透着微光的他的玻璃杯里,一只尚小的金龟子仰面朝天地挣扎着。

T君将白葡萄酒泼在地板上,神色怪异地补充道:

"将盘子摔到墙上,又将碎片当成响板[①],手指出了血也全然不顾……"

"像卡门一样跳着舞?"

就在此时,一个白发侍者静静地端来鲑鱼,面带与我们的兴奋劲儿格格不入的神情……

1926 年 4 月 10 日

---

① 响板,西班牙人常用乐器。

春　夜

这是近来从一位名叫 N 的护士那儿听闻之事。N 小姐看起来似乎不大聪慧。她的嘴唇总是很干燥，嘴角露出尖尖的虎牙。

当时我得了大肠炎，躺在弟弟[①]外派住所的二楼。腹

[①] 指塚本八洲（1903—1944）。高一入学后患上肺结核，1926 年在鹄沼疗养。

泻了一周也没有好转迹象。于是，原本为弟弟而来的我却给 N 小姐添了麻烦。

五月一个淫雨霏霏的午后，N 小姐一边用雪平锅煮粥，一边不经意地说起那件事。

某一年春天，N 小姐从护士协会去到牛込的一户叫野田的人家。野田家没有男主人，只有一个留着切发①发型的女主人，一个待字闺中的女儿，还有一个儿子，剩下便是一个女佣。N 小姐一抵达这所房子，就莫名其妙地生出一种压抑感。原因之一大概是姐弟俩都患有肺结核。此外，四张榻榻米大小厢房的庭院里，没有一块垫脚石，却处处种满木贼草。实际上用 N 小姐的话来说，"这些木贼草如此之茂盛，以至于高过了用胡麻竹做成的木板窗外的窄走廊"。

女主人唤女儿雪小姐，却直接称呼儿子清太郎。雪小姐看起来是个要强的女孩子。即便量体温之时，她也不相信 N 小姐所看的温度，而是自己朝着光一一查看温度计。与雪小姐相反，清太郎从未麻烦过 N 小姐，对 N 小姐的话几乎言听计从。甚至他和 N 小姐说话之时还会

---

① 切发，日本近世至明治、大正时期，遗孀的常用发型。将头发剪短剪齐，束在一起披下来。

脸红。比起这样的清太郎，女主人似乎更为重视雪小姐。然而实际上，清太郎的病势较雪小姐则更为沉重。

"我可不记得自己把他教养得如此窝囊。"

女主人每次来到厢房（清太郎就睡在厢房），总是如此口无遮拦地发牢骚。然而，即将年满二十一岁的清太郎却甚少顶嘴，只是仰面朝天地躺着，紧闭双眼。他的脸苍白得近乎透明。N小姐给他换冰袋，总是觉得院里木贼草的影子映在他脸颊之上。

一日晚上不到十点，N小姐去往离这户人家两三百米远，灯火通明的街上买冰。回来的路上，N小姐一走至行人稀少、房屋连绵不绝的坡道，突然一个人从后面抱住了她，像是悬在她身上一般。N小姐自然大惊失色。然而，更令N小姐吃惊的是，她惊慌失措之中，隔着肩膀回头看了对方一眼。黑暗中也隐约可见的脸，居然和清太郎一模一样。不，不只脸一样，无论是剪成五厘米以下长度的发型，还是藏青色白点花布的和服，几乎都和清太郎一模一样。但是，清太郎这个前日还咯血的病人不可能出门，更何况他也不会做出这种事。

"姐姐，给点钱吧。"

那少年就这样紧紧抱住N小姐，撒娇一般说道。不可思议的是，那声音也相似到让N小姐疑惑这人是否就是清太郎。性子刚烈的N小姐左手紧紧地按住对方的手，喊道："什么呀，真是失礼！我是这家的人，如果你乱来的话，我就喊看门大爷。"

然而对方仍旧不断重复"给点钱吧"。N小姐被一点点向后拖。她再次回头看向这个少年。再次确认，对方的眉眼就是"害羞"的清太郎。N小姐突然害怕起来，却依旧抓住对方的手，尽可能大声喊道：

"大爷，快过来！"

在N小姐喊出声的同时，对方意图挣脱被抓住的手。与此同时，N小姐也松开了左手。然后在对方踉踉跄跄之时，N小姐拼命跑了起来。

N小姐气喘吁吁地（后来她才发现，她一直把包在包袱里的几斤冰紧紧抱在胸前）跑进野田家玄关。家里自然一片安静。N小姐走进客厅，看见正在看晚报的女主人，觉得时机有些不对。

"N小姐，你怎么了？"女主人一看到N小姐，就用近乎责问的语气说道。那并不仅仅是因尖锐的脚步声把她吓着了，事实上，N小姐即使面带笑容，还是能看到她的身体在颤抖。

"没什么，我方才走在斜坡上的时候，有一个人恶作剧……"

"对你？"

"是的。从后面缠住我，说着'姐姐，给我点钱吧'……"

"啊，说起来，这一带有个名叫小堀的不良少年……"

这时，传来了躺在隔壁房间的雪小姐的声音。且这格外冰冷的话语似乎不仅是N小姐，连女主人都感到意外。

"母亲大人，请安静一些。"

N小姐对雪小姐的如此言语，与其说稍有反感，毋宁说感到侮辱。她借此机会离开客厅。但是，那张与清太郎相似的不良少年的脸仍旧历历在目。不，并非不良少年的脸，只是轮廓有些许模糊的清太郎的脸。

约五分钟后，N小姐又绕过窄廊去厢房送冰袋。清太郎或许不在那里，会不会已经死了？——N小姐并非没有这般想过。然而，走到厢房却看到，清太郎独自静静睡在昏暗的电灯下。院子里满满的木贼草的影子似乎正好映在他依旧惨白透明的面庞上。

"我给您换一下冰袋吧。"

N小姐一边这样说,一边注意着身后。

话毕,我望着N小姐的脸,有些恶意地说道:"清太郎?——是叫这个名字吧。你喜欢他,是吧?"

"是的,我喜欢。"

N小姐的回答远比我预想的要爽快利落。

1926 年 8 月 12 日

点 鬼 簿

一

我的母亲[1]是个疯癫之人,我从未在她身上感受到过应有的骨肉亲情。我母亲用梳子盘起头发,在位于芝区[2]

---
[1] 芥川龙之介的生母为芥川富久(1860—1902),后改姓新原。芥川生母在他出生7个月后精神异常,死于1902年。
[2] 当时芥川生父家住东京都芝区新钱座,现在的港区。

的娘家里，总是独自坐着，用长烟管抽烟抽个不停。她的脸很小，身量也小。不知为何，她的脸色显现出一种全无生气的灰败之色。我以前读《西厢记》，读到"土气息、泥滋味"这一词时，脑海里便突然浮现出母亲的脸庞……想起那纤瘦的侧影。

于是乎，我从未得到过母亲的照料。我记得有一次，我与养母一起上二楼专程跟她打招呼，她却突然用长烟管敲打我的脑袋。然而无论如何，我母亲大体上算是个平静的疯子。若我和姐姐缠着她给我们画画，她会在四折的半纸①上画给我们。那画上不仅仅只有墨色。她会用姐姐的水彩画具给外出游玩的孩子们的衣裳，花草树木什么的描绘上色。只是，那画中人清一色都长着狐狸脸。

母亲死在我十一岁那年秋天。与其说是病故，倒不如说是衰弱而死。唯有她去世前后的记忆如刀刻斧凿一般留在我脑海里。

大概是因为收到了母亲病危的电报。一个无风的深夜，我和养母乘上人力车，火急火燎地从本所②赶到芝区。虽然直至今日我也没怎么用过围巾，然而我却记得，只

---

① 半纸，为和纸的一种规格。书法使用的半纸尺寸大约为 243mm×333mm。
② 本所，芥川家当时在东京都本所区，现在的墨田区。

有那晚，我围上了一条绘有南画①山水什么的薄丝巾，我仍记得那条丝巾上散发出一种名叫"菖蒲香水"的香水气味。

母亲躺在二楼正下方八张榻榻米大小的厅堂里。我与年长我四岁的姐姐守在母亲枕边，不住地号啕大哭。尤其是有人在我身后喊着"临终临终"之时，我越发觉得悲难自抑。然而一直闭着眼、形同死人的母亲却突然睁开眼说了些什么。于是就连正沉浸在悲伤之中的我们都忍不住小声笑了出来。

次日晚上，我依然在母亲枕边守到几近天明。然而，不知为何却不似昨晚，我竟是一滴眼泪都没有流。看着恸哭不止的姐姐，我有些悲愧交集，于是拼尽全力装作痛哭流涕的样子。同时我又坚信只要我哭不出来，那么母亲就一定不会死。

第三日晚上，母亲终是安详地去了。临终前，她像是回光返照一般清醒过来，盯着我们的脸，眼泪簌簌地落下来。然而仍旧与平日一样，一句话也没说。

母亲入殓后，我时常不禁落下泪来。于是，一位被

---

① 南画，来源于中国的南宗画，兴盛于日本江户时代中期以后，又称文人画。中国南宗山水画的鼻祖是王维。

称为"王子的婶母①"的远房老婆婆说:"实在令人感动啊。"而我只觉得她是个会因奇怪的事而心生感动之人。

母亲葬礼当日,姐姐捧着母亲的牌位,我跟在她后面拿着香炉,两人一起乘黄包车过去。途中我不时打瞌睡,然后突然惊醒睁眼,险些失手摔了香炉。然而过了许久仍未抵达谷中②。在那晴朗的秋日,长长的送葬队伍一直缓缓地行进在东京的街头。

母亲的忌日是十一月二十八日。戒名是归命院妙乘日进大姐。可是我却记不住我生父的忌日和戒名。或许是因为对于十一岁的我来说,能记得忌日和戒名是一件值得骄傲之事吧。

二

我有一个姐姐。她虽然体弱多病,却已经是两个孩子的母亲。自然,我想写进此《点鬼簿》之中的并非这个

---

① 或为芥川生父所经营的牛奶店——"耕牧舍"的王子分店的山本某的妻子。
② 东京都台东区地名,因寺院和墓地而有名。

姐姐之事，而是那个刚好在我出生前突然夭折的姐姐[①]。据说她是我们姐弟三人中最为聪慧的一个。

这个姐姐名唤初子，大约是长女之故吧。我家佛龛里至今还留有"阿初"的一张照片，镶嵌在一个小小的镜框里。照片里的阿初看起来丝毫未有病弱之态，长有小小酒窝的双颊像熟透的杏子一般圆润……

父母最宠爱的孩子自然是"阿初"。他们特地将阿初从芝区的新钱座送去筑地[②]的桑玛兹夫人幼儿园上学。但是周六和周日，她必然是在母亲家——本所的芥川家留宿。每每外出，"阿初"都穿上即使在明治二十年代也依旧十分时髦的洋装。记得我上小学之时，要了"阿初"和服剩下的边角料，做成衣服给橡胶娃娃穿上。那边角料像是商量好了似的，都是印有碎花或乐器图案的产自印度的进口白布。

早春时节，一个周日午后，"阿初"一边在庭院里来回踱步，一边向房间里的姨母[③]问道：（我的想象里，

---

① 芥川龙之介有两个姐姐。大姐初子（1885—1891）不幸早夭，给芥川生母带来极大打击。二姐久子（1888—1956）先与葛卷义定结婚，育有一子一女，后改嫁西川丰。西川死后，二姐再次回到葛卷家。
② 东京都中央区。明治初年，外国人的聚居地。
③ 芥川生母的姐姐富纪（1856—1938），终身未嫁。给予芥川悉心照料，对芥川影响极大。

当时姐姐自然是身着洋装。)

"姨母,这棵是什么树?"

"哪棵树?"

"有花苞的这棵。"

母亲娘家的庭院里有一棵矮小的木瓜树,枝条垂向古井。想必梳着两条小辫的"阿初"睁大了眼睛盯着这棵枝条带刺的木瓜树。

"这树名字和你的一样。"

可惜,"阿初"没有听懂姨母的玩笑话。

"那么就是一棵叫傻瓜①的树喽。"

直至今日,每当姨母说起"阿初",就会反复提起这段对话。事实上,除此之外,"阿初"并没有留下其他逸事。没过多久,"阿初"就躺在了棺椁之中。我早已不记得那小小的牌位上刻着的"阿初"的戒名为何。然而奇怪的是,我清楚记得她的忌日是四月五日。

不知为何,我对这个姐姐——这个素未谋面的姐姐有种亲切感。若"阿初"还活着的话,现在应该年过四十了吧。年过四旬的"阿初",她的模样说不定与在芝区娘家二楼茫然抽烟的母亲很是相似。我时常会产生一种幻觉,

---

① 日语中木瓜的发音与词义为傻瓜的单词发音相近。

好像有一个四十岁模样的女人在某处守护着我的一生。而那个女人说不清是母亲还是姐姐。这难道是被咖啡和烟草所累的我的神经在作祟？又或是某种机缘巧合下，在现实世界中显形的超自然力量的勾当呢？

三

因为母亲疯了，我一出生就被送去养父母[①]家（养父母家是母亲的哥哥，我的舅舅[②]家），所以我对生父也很是疏远。父亲[③]经营一家牛奶店，似乎小有成就。当时，时兴的水果和饮料都是父亲买给我的。香蕉、冰淇淋、菠萝、朗姆酒——或许还有其他东西。我记得自己曾在位于新宿的牧场外的榉树树荫下喝朗姆酒之事。朗姆酒是一种酒精含量极低的橙黄色饮料。

---

① 芥川出生7个月后因生母精神异常被送往生母娘家芥川家养育。1904年，芥川正式成为舅舅芥川道章夫妇的养子。
② 芥川生母的哥哥，芥川道章（1849—1928）。
③ 新原敏三（1850—1919），芥川龙之介生父。1883年与芥川生母再婚，在京桥区经营牛奶贩卖店，后又接手牧场。后因芥川生母精神异常，请芥川生母的妹妹富由（1862—1920）帮忙操持家事。1899年与富由生子得二，并于1904年与富由正式结为夫妇。1919年因流感去世。

父亲就利用这些稀罕玩意儿引诱年幼的我，想要将我从养父母那里领回来。记得一日晚上，在大森的鱼荣[①]店里，他一边用冰淇淋引诱我，一边直截了当地劝说我逃回家来。可惜的是，无论他如何巧言令色，劝诱皆是无功而返。因为我爱我的养父母，尤其是姨母。

父亲又是个急性子，无论对方何人，经常冲人大发雷霆。初三那年，一次我和父亲玩相扑。我使出了擅长的绊腿摔，漂亮地将父亲摔倒在地。父亲一站起来就说"再来一回"，并向我冲过来。于是我又轻而易举地将他摔倒在地。父亲第三次说出"再来一回"，变了脸色，朝我猛扑过来。一直在一旁观战的小姨——我母亲的妹妹，父亲的续弦，朝我使了两三次眼色。于是我再次跟父亲扭作一团后，便故意装作仰面倒地。如果那时我没输给父亲的话，他定会揪住我不放。

在我二十八岁那年，还在当老师[②]之时，收到"父亲住院"的电报，便急忙从镰仓赶回东京。父亲因为患上流行性感冒而住进东京医院。我、养父家的姨母和小姨

---

① 大森位于东京都太田区。鱼荣是一家餐馆。
② 1916年12月至1919年3月，芥川在海军机关学校担任教官。芥川生父于芥川辞职前的1919年3月15日去世。

衣不解带地在病房角落里陪伴了三日左右。其间我渐渐开始觉得乏味。正在这时，有一个同我颇有些交情的爱尔兰记者①打电话来，约我去筑地见面、吃饭。于是我借口说那个记者近期要去美国，丢下命若悬丝的父亲，出门前往筑地赴约。

我们与四五名艺伎一起愉悦地享用了日式料理。餐点用毕已经是晚上十点前后。我没等那位记者，先行一步，独自走下狭窄的楼梯。这时，身后有人喊道"芥先生？"于是我在楼梯中间停住脚步，转身回头望去。站在那里的是刚才在一起的一名艺伎，她正目不转睛地低头看着我。我沉默着走下楼梯，乘上大门外的出租车。出租车立刻就开走了。然而那时，比起父亲，反倒是那个梳着西洋发式、面如秋月的女子——尤其是她的眼睛，让我念念不忘。

回到医院，父亲已经等得心急如焚。他让其他人都退到两折屏风后，握着我的手一边抚摸，一边说起我不知道的往事——当初他和母亲结婚时的情形。和母亲去买衣柜，去吃寿司什么的，无非一些琐事。但是，我却不知不觉沉浸于父亲的话语中，湿了眼眶。父亲的泪水也

---

① Thomas Jones（1890—1923），具体可参照芥川小说《他之二》。

从他那消瘦的脸庞上滑落下来。

次日早晨,父亲无甚痛苦地撒手人寰。临终前,父亲像是精神异常一般,说着"竖着旗帜的军舰来了,大家高呼万岁吧!"之类的话。我已记不清父亲的葬礼是何光景。只记得将父亲的遗体从医院搬回家时,照在灵车上的那轮春日里的饱满明月。

四

今年三月中旬,我怀里还揣着暖炉,与妻子一起前往许久未去的墓地扫墓。虽说许久未去,但那小小一方坟茔自不必说,就连那棵将枝条伸展至墓碑之上的红松也一如往昔。

《点鬼簿》中提到的三人皆被黄土埋身于谷中墓地的一隅,其尸骨亦埋于同一座石塔下。我在墓前回想起母亲的灵柩被静静地放入穴中的情景。想必阿初下葬也是那般情景吧。只有父亲,我记得,他白色的细碎骨灰里散落着金牙……

我不喜欢扫墓。若能忘记的话,父母和姐姐之事我皆想忘记。然而或许是因为当天身体尤为不适,我眺望着那早春午后阳光之下的泛黑的石塔,思索着他们三人之中,究竟谁才幸福?

君埋泉下泥销骨,我寄人间雪满头。吾与汝之别,唯墓之内外、黄土一抔。

实际上,在我的生活之中,我从未像此刻这般感受到丈草①的心情排山倒海而来。

1926年9月9日

---

① 丈草,一般指内藤丈草(1662—1704)。江户时代俳句诗人。松尾芭蕉的徒弟,"蕉门十哲"之一。

玄鹤山房

一

……这所宅子建得小巧整洁，门庭雅致。虽说这样的宅子在这一带并不少见，可题有"玄鹤山房"的匾额和越过院墙可见的庭木种种，较别家则更多一种风流意趣。

这家的主人堀越玄鹤，作为画家也小有名气。不过他发家致富还是靠获得橡皮图章专利，或者说靠获得橡皮图章专利之后买卖地皮。实际上，他手里的那块郊外地皮连生姜都长不好。但是现如今，那里已经变成红砖青瓦、鳞次栉比的所谓"文化村"。

然而无论如何，"玄鹤山房"还是建得小巧整洁，门庭雅致。特别是近来，隔墙亦可见那松树上挂着除雪的绳子，玄关前铺满一地枯松叶，上面散落的紫金牛的果实红彤彤，更是平添风流闲雅。不仅如此，这宅子所在的巷子也鲜有人来。就连卖豆腐的小贩从这经过，也只把车停在大道上，吹几下喇叭便走。

"玄鹤山房，何谓'玄鹤'？"

一个长发的绘画艺术生偶尔打门前经过，腋下夹着细长的画具箱，向同样身着金纽扣制服的另一个绘画艺术生问道。

"能是什么，总不能是'严格'一词的谐音吧。"

两人一起笑着，步伐轻快地从门前走过。唯余结冰道路上的一根"Golden Bat（金蝙蝠）"牌香烟的烟蒂隐约冒出一缕细长青烟，也不知是他二人之中谁扔下的……

二

重吉还没成为玄鹤家女婿前,就已经在一家银行工作,因此总是掌灯时分才返回家中。近来几日,他一进门就会立刻闻到一股奇怪的臭味。那是因患有老年人罕见的肺结核而卧病在床的玄鹤呼出的气味。这种气味自然不会飘散到房子外。重吉身着冬大衣,腋下夹着公文包,踩在玄关前的踏脚石上,不由得怀疑起自己的神经来。

玄鹤在"别馆"安置了床铺,未就寝之时就靠在被褥上。重吉脱下大衣、摘下帽子就去"别馆"露露脸,总是说些"我回来了""今日身体如何"之类的问候。但他很少踏入"别馆"门内,一来怕染上岳父的肺结核,二来对馆内的怪味颇感不适。玄鹤每次看到他也只是"嗯"一声,或答声"回来啦"。那声音总是气若游丝——与其说是声音,其实更像是喘息。重吉听到岳父如此声音,也时常内疚自己过于铁石心肠。然而走进"别馆"却着实让重吉感到胆战心惊。

随后,重吉走进饭厅隔壁的房间,去看望同样卧病在床的岳母阿鸟。早在玄鹤卧床的七八年前,阿鸟就瘫瘫在床，连厕所都没法上。玄鹤娶她，因她是某位大藩家老的女儿，此外也是看上她的花容月貌。她虽然上了些年纪，眼角眉梢却风韵犹存。不过眼下她坐在床上细心地缝补白袜子的模样同木乃伊并无二致。重吉只留下短短一句："母亲，今日感觉如何？"便走进六张榻榻米大小的饭厅。

妻子阿铃若是不在饭厅，便是在狭小的厨房和信州生人的女佣阿松一起忙活。于重吉而言，拾掇得齐整干净的饭厅自不必说，连装上新式灶的厨房，都比岳父、岳母的起居室亲切得多。重吉是曾任知事①，诸如此类职务的政治家的次子。不过比起有豪杰风度的父亲，他更像曾是和歌诗人的母亲，是个做学问的人。这一点从他和善的眼神和瘦削的下巴亦可看出。重吉一进饭厅就脱下西服换上和服，轻松自在地坐在长火盆前，一面抽着便宜的雪茄，一面逗着今年刚上小学的独子武夫玩笑。

重吉总是和阿铃、武夫围着矮桌吃饭。他们的饭桌上很是热闹。不过近来，因照料玄鹤的护士甲野来了，虽说"热闹"，却也的确有几分拘谨。不过即使"甲野小姐"在场，武夫也依旧不改淘气本色。莫不如说正因"甲

---

① 知事，管理地方行政区划的领导人。

野小姐"在，武夫才变本加厉。阿铃不时皱起眉头瞪一眼武夫，而武夫只是装傻充愣，故意做出一副狼吞虎咽的样子。重吉常常看一些小说，深知武夫的闹腾不过是为了表现自己的"男子汉气概"，虽有几分不悦，却往往只是笑笑，然后又默默吃饭。

"玄鹤山房"的夜晚很是宁静。要一大早出门的武夫自然无需赘言，重吉夫妇也通常十点左右就寝。之后还没入眠的就只有九点左右开始通宵看护的护士甲野。甲野坐在玄鹤枕边，靠着烧红的火盆坐着，一刻也不睡。玄鹤时常醒过来，但除了说"汤婆子冷了""湿毛巾干了"之外几乎不说话。如此"别馆"中只能听到竹丛随风摇曳之声。甲野在薄寒的寂静之中一动不动地守着玄鹤，心中百般思量，思忖着这一家人的心境和自己的前途……

三

一个雪霁初晴的午后，一个二十四五岁的女子牵着一个瘦弱的男孩出现在透过推拉高窗可见湛蓝天空的堀越家厨房。自然，重吉不在家，正在做缝纫活计的阿铃虽多少有所预料却仍觉得有些措手不及。总之，她还是离开长火盆去迎客。客人走进厨房，摆正自己和男孩的鞋。（男孩身着白色毛衣。）她的自惭形秽，从她这般的行为举止间已是一目了然。不过这也难怪。她名唤阿芳，这五六年住在东京附近，是玄鹤公开养的外室。她过去曾是玄鹤家的女佣。

阿铃乍见到阿芳，意外觉得她苍老许多。不仅是脸庞，阿芳在四五年前有一双丰满圆润的手，但是年华逝去，现在她的手瘦得可以看清静脉。还有她的穿戴，那廉价的戒指亦让阿铃感叹她维持生计的凄凉和不易。

"这是家兄让孝敬老爷的……"

阿芳畏畏缩缩地拿出一个旧报纸包裹，踏入客厅前悄悄将那包裹放在厨房角落。那时，正在洗衣服的阿松一边卖力地忙活，一边不时用眼角偷看盘起两个水灵灵、状似银杏的发髻的阿芳。然而当阿松看到那报纸包裹时，脸上露出的表情愈发恶意满满。而且肯定是那个包裹散发出与新式灶和精致餐具极不协调的恶臭。阿芳虽没看阿松，却也从阿铃的神色上感觉出一丝怪异，她解释说："这是，这是那个大蒜。"然后对咬着手指的孩子说："来吧，少爷，快行礼。"男孩自然是玄鹤与阿芳之子，名唤文太郎。听到阿芳唤这个孩子"少爷",阿铃觉得她实在有些可怜。但是她的常识很快提醒她,阿芳这样做也是别无他法。阿铃若无其事地给坐在饭厅角落的母子端来现成的点心和茶水,一会儿和他们说说玄鹤的病情,一会儿又逗一逗文太郎……

玄鹤将阿芳收作外室后,连换乘省线电车都不嫌麻烦,每周必到妾宅去一两次。起初,阿铃对父亲的这种感情深恶痛绝。她每每想"稍稍为母亲的体面考虑一下也好,竟……"但是阿鸟似乎早已失望透顶,于是阿铃更加同情母亲。父亲去妾宅后,她还装傻充愣地对母亲谎称:"父亲说今儿是诗会的日子。"她并非不知如此亦是无济于事。但是,时而看到母亲脸上近乎冷笑的表情后,她便后悔不该撒谎。相较此事,她更觉得瘫痪在床的母亲无法体谅女儿如此用心,确有几分无情。

阿铃送父亲出门后,经常放下手头的缝纫活计转而考虑家中之事。玄鹤包养阿芳前,于阿铃而言也算不得"好父亲",当然这对生性温和的她来说根本无所谓。唯一让她担心的是父亲一股脑儿将古董书画都搬到妾宅。自阿芳在她家做女佣之时起,阿铃就没当她是坏人。不,阿铃甚至认为她比一般人更为怯懦。只是阿芳那在东京某郊区经营一家水产店的兄长不知打的什么主意。事实上，在阿铃看来，阿芳的哥哥是个阴险狡猾之徒。阿铃有时抓住重吉，诉说她的忧虑。然而重吉却从不理会，"我怎好跟岳父开口"。听重吉如此说，阿铃便只得沉默。

"父亲该不会认为阿芳能看懂罗两峰①的画作吧……"

重吉有时也云淡风轻地向阿鸟说起这些事。然而阿鸟闻言却只是抬头看着重吉，总是苦笑着说："你父亲就是那般性子。他甚至还问我'这砚台如何？'他就是这样的人。所以……"

然而如今看来，这种担心于谁而言都甚是愚蠢。玄鹤自今年冬日以来病情愈发沉重，无法再出入妾宅。于是当重吉提出与阿芳断绝关系（不过断绝关系的条件实际上是阿鸟和阿铃提出的）一事时，玄鹤出乎意料地爽快应承了。而阿铃一直提防的阿芳的兄长对此也甚为满意。阿芳拿到一千元的赡养费，返回上总某海岸的娘家居住。此外每月还要寄给她一些钱作为文太郎的抚养费。阿芳的兄长对这些条件并无异议。不仅如此，未经催促，他就主动将玄鹤珍藏的煎茶茶具等物品送了回来。因此

---

① 罗两峰，名罗聘（1733—1799），清代画家，"扬州八怪之一"。字遯夫，号两峰。

之前对他心存怀疑的阿铃，由此便对他平添好感。

"小妹让我请求，若是贵府人手不够，她想来照看病人……"

阿铃在答复这一请求前，先去询问了瘫痪的母亲。必须说，这是她的失策。阿鸟听她说罢，立刻就说让阿芳带着文太郎明天就过来。阿铃除却要顾虑母亲的心情，亦担心这会扰乱一家的氛围，因而数度试图让母亲重新考虑。（尽管如此，她自己置于父亲玄鹤与阿芳的兄长之间，亦不能不顾及情分，拒绝这一请求。）可是阿鸟无论如何都油盐不进。

"此事若没传到我耳朵里也另当别论，只是这样，阿芳的面子上也不好看。"

阿铃不得已，只好答应阿芳的兄长，让阿芳过来。这或许是不谙世事的她的又一失策。事实上，重吉从银行回来听阿铃说起此事，女人般温柔的眉宇间透出一丝不悦。他甚至说出这样一番话："多个人帮忙自是好事……只是也该先问过父亲的意思。若是父亲拒绝，你也就不必担责任。"阿铃一反常态，愁眉不展，只回答说"是这个理儿"。不过同玄鹤商量……要她去和对阿芳旧情难忘、生命垂危的父亲商量此事，现如今的她着实无法做到。

阿铃一边陪伴着阿芳母子，一边回想起这些曲折经历。阿芳没有将手伸向长火盆，只断断续续地讲着她兄长和文太郎之事。她仍旧和四五年前一样，将"这个"发音成"介个"，操着一口乡村方言。阿铃听着阿芳的乡村方言，不知不觉内心轻松下来。然而与此同时，只隔着纸推拉门一声不吭的母亲阿鸟却让她莫名忐忑。

"那，可以请你在这儿待上一周吗？"

"行，如果您不介意的话。"

"但是你要带换洗衣物吧？"

"我哥说今天哪怕晚上也会给我送来，所以……"

阿芳一边这样回答，一边掏出怀里的糖递给看着有些不耐烦的文太郎。

"那我去跟父亲说一声。他现在病得厉害，朝向纸推拉门那边的耳朵还冻伤了。"

阿铃离开长火盆之前，稀松平常地将上面的铁壶摆正。

"母亲。"

阿鸟答应了一句什么。那是一种好似被吵醒，黏糊糊的声音。

"母亲，阿芳来了。"

阿铃松一口气,立刻从长火盆前起身离开,尽量不去看阿芳。经过隔壁房间的时候又喊了一句"阿芳来了"。阿鸟躺着,嘴巴埋在睡衣领子里。然而当她抬头看阿芳之时,唯有眼里浮现出近乎微笑的神色,答道:"哎呀,好快呀。"阿铃清楚感觉到阿芳跟在她背后走了过来。与此同时,阿铃急匆匆穿过朝向积雪庭院的走廊,往"别馆"走去。

阿铃从明亮的走廊突然跨入"别馆",只觉眼前比实际上更显昏暗。玄鹤正坐起来,让甲野给他念报纸。但是他一看到阿铃便马上问道:"是阿芳来了?"那是一种异常迫切、近乎诘问的嘶哑声音。阿铃站在纸推拉门旁,条件反射地答道:"是。"而后便再无人开口。

"我马上唤她过来。"

"嗯……阿芳一个人吗?"

"不……"

玄鹤缄默着点点头。

"那,甲野小姐,请你过来一下。"

阿铃先甲野一步,小跑着穿过走廊。正好有一只鹡鸰在留有残雪的棕榈树叶子上晃动着尾巴。但是她可顾不上这些,她只觉得充满病人气味的"别馆"里似乎有什么令人生怖的东西尾随而来。

四

自从阿芳住进来，家中氛围眼见着艰险了起来。紧张的气氛始于武夫欺负文太郎。比起父亲玄鹤，文太郎倒更像母亲阿芳，且这孩子连软弱这点也像阿芳。阿铃似乎有些同情这孩子，有时却也觉得文太郎过于窝囊。

护士甲野出于职业缘故，对这种屡见不鲜的家庭悲剧只是冷眼旁观。甚至可以说她是用观赏的姿态注视着这样的家庭悲剧。甲野的过往很是不幸。因为和患者家主人、和医院医生的关系，她不知多少次想吞氰化钾了却生命。如此经历不知不觉间让她产生一种病态兴趣，便是以他人之痛苦供自己取乐。她进堀越家之时，发现瘫痪的阿鸟每次大小便后都不洗手。她心想："这家的媳妇真麻利。端水来去竟不为旁人察觉。"这件事在疑心深重的她心里烙下阴影。然而过了四五日，她才发现这竟然是这家大小姐做派的阿铃之过错。她因这一发现产生了一种近似于满足的感觉。于是每次阿鸟大小便后，她便用脸盆给阿鸟端水。

"甲野小姐，多亏你，我才能像普通人一样洗手。"

阿鸟合掌，坠下泪来。甲野丝毫不为阿鸟的喜悦所动。但是当她看到此后三回里有一回阿铃要给阿鸟端水之时，就觉得尤为愉快。因此小孩子吵架于这样的她而言也并非有何不快。她在玄鹤面前展现出似乎同情阿芳母子的姿态；同时在阿鸟跟前，她又表现出好像对阿芳他们无甚好感的模样。就算这样做很费事，却也的确颇有成效。

阿芳住下约莫一周后，武夫又和文太郎大打出手。他们打架始于只是为争吵猪尾巴像不像柿子蒂。武夫推搡瘦弱的文太郎至自己学习用房间的角落，粗暴地拳脚相向。他的房间在玄关旁边，有四张半榻榻米大小。刚好这时阿芳来了，她抱起无力哭泣的文太郎，教训起武夫。

"少爷，不可以欺负弱小之人。"

这对生性懦弱的阿芳来说，已是少有的尖锐话语。武夫被阿芳的架势吓住。这次便轮到他哭着逃到阿铃所在的饭厅。可是阿铃也勃然大怒，扔下手摇式缝纫机上的活计，硬是把武夫拖到阿芳母子面前。

"你这小子也太放肆了，快点，向阿芳阿姨认错！

要两手贴地跪地认错！"

阿芳在如此动怒的阿铃面前只能和文太郎一起流泪，不停地赔礼道歉。这次当和事佬的必然又是护士甲野。甲野一边拼命将满脸通红的阿铃推回去，一边想象着另一人……想象一直听着这边吵闹声的玄鹤心里作何感想，内心浮出冷笑。自然，她的这些想法绝不会流露于脸上。

然而，让一家不得安宁的并非仅是孩子吵架。阿芳不知不觉又将原本似乎已然死心的阿鸟的嫉妒给煽动了起来。自然阿鸟从未对阿芳说过什么难听话。（这一点和五六年前阿芳尚住在女佣房时一样。）可与这事毫无关系的重吉却成了阿鸟的出气筒。重吉自然不和她一般见识。阿铃很是同情重吉，经常替母亲向重吉道歉。不过重吉只是常常苦笑着将话反着说"要是你也歇斯底里就麻烦了"。

甲野对阿鸟的嫉妒也颇有兴趣。阿鸟的嫉妒自无需多言，就连阿鸟拿重吉撒气一事甲野也一清二楚。此外，不知从何时开始，她自己也对重吉夫妇生出些近乎嫉妒的情绪。阿铃于她而言是"小姐"，而重吉……重吉在社会上不过是普普通通的男人，不过是她蔑视的一只雄性动物罢了。他们的所谓幸福在甲野的眼中几乎就是错误。她为了矫正这种错误,就对重吉表现出很是亲昵的样子。这对重吉也许无足轻重,却是让阿鸟生气的绝好机会。阿鸟露着膝盖,气急败坏地说:"重吉,你有了我的女儿……有了瘫子的女儿还嫌不足吗?"

不过,似乎只有阿铃并未因为这事而怀疑重吉。实际上她好像还十分同情甲野。甲野对此更为不满,甚至蔑视起老好人阿铃。但是,她对重吉开始躲着自己而感到心情愉快。不仅如此,重吉躲避她时,反而对她生出男人的好奇心。这让甲野心满意足。过往即便甲野在旁边,重吉也会毫不在意地光着身子去厨房旁的浴室洗澡。然而最近甲野再也没看见过重吉赤裸着身子。这必是因为他为自己的身子像拔了毛的公鸡一般而感到羞耻。甲野看着躲着自己的重吉(重吉也满脸雀斑),心里暗暗嘲笑:他还以为除阿铃外,有谁看上了他。

一个霜后阴沉的早晨,甲野在现在变成她的房间——玄关里三张榻榻米大小的地方对镜梳头。她照例将头发全部束到脑后。这日恰好是阿芳要返回乡下的前一天。阿芳离开这里对重吉夫妇来说似乎是件令人高兴之事。但是,这似乎反而让阿鸟更为气急败坏。甲野梳着头发,听到阿鸟大喊大叫,不由得想起曾听朋友说过的一个女人的故事。据说这个女人在巴黎生活期间越来越思念家乡，患上了严重的思乡病。幸而她丈夫的朋友要回国，她就一起坐上了回国的船。不可思议的，长时间的海上旅行于她而言似乎也并不痛苦。当船抵达纪州海边之际，不知何故，她突然兴奋起来，纵身一跃跳入大海。越接近日本，她的思乡病便越严重，这便是近乡情更怯……甲野默默地擦去手上的油，心想，不用说瘫痪的阿鸟的嫉妒，这股神秘力量对她自己的嫉妒心也在产生作用。

"哎呀，母亲，您这是怎么了？怎么爬到这儿来了？母亲……甲野小姐，请你来一下！"

阿铃的喊声从离"别馆"不远的走廊处传来。甲野听到喊声，脸正对着锃亮的镜子，第一次露出冷笑。而后她故作大惊失色的模样应声道："马上就来！"

五

玄鹤愈发衰弱起来。经年累月的病痛自不必说，从后背到腰上的褥疮也让他苦不堪言。他经常大声呻吟，从而稍稍缓解些许疼痛。困扰他的不仅是肉体上的痛苦。

阿芳住在家里的这段时间，他或多或少得到些许安慰，但是阿鸟的嫉妒和孩子们的争吵让他感到连绵不绝的痛苦。但这些尚可忍受。如今，阿芳走后，玄鹤感受到令人不寒而栗的孤独，同时也不得不正视他自己这漫长的一生。

玄鹤的一生于他自己而言无耻至极。当然，他获得橡皮图章专利之时的确是他这一生之中相对风光的一段时间。可也就是在那时，什么伙伴的嫉妒，为保全自身利益而惶惶不可终日的种种情绪日复一日不断地折磨着他。加之，他纳阿芳为妾后，除了家庭的纷争之外，还一直背负着不为家人所知的金钱操持方面的沉重负担。而更为可耻的是，他虽然被正值妙龄的阿芳吸引，然而至少在这一两年内，他内心里不知有多少回盼着阿芳母子死掉。

"可耻？……但是细想想，也并非只有我一人如此。"

夜晚，他如此想着，一一细数亲戚、朋友之事。他女婿的父亲仅"为了拥护宪政"就对几个手段尚不如玄鹤的敌人施以社会性抹杀。另外和他最为要好的伙伴、一个上了年纪的古董商竟与自己前妻的女儿私通。另外有一个律师花光了别人委托他保管的钱财。还有一个篆刻家……然而不可思议的是，他们所犯罪行并未给玄鹤的痛苦带来任何变化。不仅没有带来变化，反而一个劲儿地扩大了生活本身的阴影。

"无所谓了，这样的苦日子也不长了，只要一闭眼……"

这大概是留给玄鹤的唯一安慰。为排解啃噬身心的种种痛苦，他尽量回忆那些曾让他愉快的往事。但是方才也说过，他的一生很是可耻。若说他的一生还有些许相对辉煌的一面的话，那便只能是他诸事皆懵懂的幼年时代。他时常会在似梦似醒之间想起他父母住过的位于信州山谷里的一个山村……尤其是压上石头的木板房顶、散发着桑蚕气味的光秃秃的桑树枝①。不过这些记忆也没能持续下去。他常常在呻吟时念观音经，或者吟唱过去的流行小调。而且当他念过"妙音观世音，梵音观世音，胜彼观世音"之后，又唱"卡坡拉，卡坡拉"。这情景纵使滑稽，而于他又有些可惜。

"睡觉即极乐，睡觉即极乐……"

玄鹤为忘却所有，满心想熟睡过去。实际上甲野不仅让他服下安眠药，还给他注射了海洛因等药物。即便如此他也未必能睡得安稳。他常常在梦中与阿芳、文太

---

① 被摘光桑叶喂蚕的桑树枝条，一般晒干用来当柴火。

195

郎相逢。这让他……让梦中的他心情豁然开朗（他在某晚的梦里又和新花牌"樱二十点"交谈。且那"樱二十点"就是一副四五年前阿芳的面容）。可是正因这样一个梦，让醒来的他更加凄风苦雨。玄鹤不知从何时开始，对入睡一事都感到近似恐怖的不安。

临近除夕的一日午后，玄鹤仰面躺着，向坐在枕边的甲野搭话：

"甲野小姐，我很久没扎过兜裆布了，让他们给我买六尺漂白布来吧。"

买漂白布并不需要特意让阿松前往附近的和服店去买。

"我自己扎兜裆布。布叠好放在这里后就请离开。"

玄鹤盘算着用这块兜裆布……盘算着用这块兜裆布自缢，这才终于熬过了半日。可是，连坐起来都要靠别人搭手的他，想上吊谈何容易。再说，若真要面临死亡，玄鹤果然还是恐惧不已。他在昏暗的电灯光下一边注视着挂轴上黄檗宗风书法[①]的一行墨宝，一边嘲笑自己时至今日依旧贪生怕死。

[①] 黄檗宗，日本三大禅宗之一。黄檗宗风书法，以隐元、木庵、即非为代表，被称作"黄檗三笔"。

"甲野小姐，请扶我起来。"

那已是晚上十点钟左右。

"我呢，接下来打算小睡一会儿。你也别拘谨，去休息吧。"

甲野奇怪地盯着玄鹤，冷冰冰地回答说：

"不，我不睡。因为这是我的工作。"

玄鹤觉得自己的盘算被甲野看穿。不过他只是微微颔首，一言不发地装睡。坐在他枕边的甲野翻开一本妇女杂志的新年号，好像看什么看得很是入迷。玄鹤还在想着被子边的兜裆布之事，将眼睛眯成一条缝儿盯着甲野。这时……他忽然觉得简直是太好笑了。

"甲野小姐。"

甲野看到玄鹤的脸，似是吓了一跳。玄鹤靠在被子上不知何时开始不住地笑。

"怎么了？"

"没，没什么，没什么可笑的……"

玄鹤一边笑着，一边摆了摆骨瘦如柴的右手。

"方才……不知为何突然觉得想笑……现在请扶我躺下。"

约莫一个钟头后，玄鹤不知不觉睡着了。那晚的梦很是骇人。他在枝繁叶茂的树林里站着，从很高的拉门缝隙往茶室一般的屋里窥视。屋里有一个赤身裸体的孩童，脸朝向这边躺着。虽说是孩童，但是脸却像老人般满是皱纹。正当玄鹤意欲大声喊叫之时，惊出一身冷汗的他醒了过来……

"别馆"无人进来。不仅如此，四周仍旧很昏暗。还没？……可是玄鹤看看座钟，知道现在已经快中午十二点。一瞬间他的心感到轻松敞亮。但是又如平日一样，马上又忧郁起来。他仰面躺着，细数着自己的呼吸次数。这时似是有什么催促他，"正是此时"。

玄鹤轻轻拉过兜裆布，套在自己的脖子上，然后两手使劲一拽……

此时，穿得厚厚实实的武夫在门外探头：

"哎呀，爷爷在做什么！"

武夫一边喊叫，一边一溜烟往客厅跑去。

六

约一周后，玄鹤在家人围绕下，因肺结核与世长辞。

他的告别仪式很是盛大。（只有瘫痪的阿鸟没能参加仪式）。聚集在玄鹤家的众人向重吉夫妇表示哀悼之情后，行至覆盖着白缎子的玄鹤灵柩前上了香。但是当他们一出玄鹤家大门，大抵就将玄鹤抛诸脑后了。当然他的旧时伙伴却是例外。"老先生也该心满意足。纳了年轻的小妾，也攒了些钱。"……他们不约而同地如此说道。

运载着玄鹤灵柩的丧葬马车跟在一辆马车后，经过太阳尚未落山的十二月份的街道，朝火葬场奔驰而去。坐在后面些许脏乱的马车上的是重吉和他的表弟。重吉的这个大学生表弟一面很是在意马车的颠簸，一面入迷地阅读一本小型书，不大与重吉说话。那是 Liebknecht[①] 所著《回忆马克思》的英译本。重吉因守夜而十分疲倦，不时昏昏沉沉地打瞌睡，偶尔望向窗外新开辟的街道，有气无力地喃喃自语道："这一带也全变了样。"

两辆马车走过化了霜的路，终于抵达火葬场。虽然已经事先打电话商量好了，但是一等焚化炉已满，只剩下二等。于他们而言，其实几等皆无所谓。但是重吉与其说是顾虑老丈人，其实更怕阿铃有怨言。他隔着半圆

[①] Liebknecht，李卜克内西，一般指威廉·李卜克内西（Liebknecht Wilhelm, 1826—1900），德国政治家，社会主义者，德国社会民主党创始人之一。

形的窗口积极地和办事员交涉。

"实际上这是延误治疗的病人,所以至少火葬时想给他用一等的焚化炉。"——重吉居然撒下如此谎言。但是这谎言远比他预期的更奏效。

"那么这样处置吧。一等的已经满员,我们就破例,收一等的费用,用特等的焚烧炉烧。"

重吉觉得不大好意思,向办事员连连道谢。办事员是个戴黄铜边眼镜的老人,看样子极好相与。

"不,不用谢。"

等焚化炉上封后,他们又坐上几分脏乱的马车准备迈出火葬场大门。这时他们意外发现阿芳独自一人站在砖墙前,目送着他们的马车行着礼。重吉一下子有些局促,想抬一抬帽子示意。可是此时载着他们一行人的马车已经斜着车身跑上两侧杨树叶子已经凋零的道路。

"是她吧?"

"嗯……我们来的那会儿,她好像已经站在那里了。"

"是啊,我还以为都是些要饭的……那女人今后该当如何?"

重吉点上一根敷岛牌香烟,尽量不露声色地回答:

"这个,谁知道会如何呢……"

表弟陷入了沉默。但是他的想象力正在勾勒上总海岸边的一个渔民镇，还有必须在那渔民镇生活下去的阿芳母子……他的脸色霎时严肃起来。在不知何时照射进来的阳光下，他再度读起李卜克内西来。

1927 年 1 月

海市蜃楼

一

一个秋日晌午[1],我与自东京前往此处游玩的大学生K君一起出门去观赏海市蜃楼。鹄沼[2]海岸可以看到海市

---

[1] 推测为1926年秋天。当年,芥川在鹄沼静养。
[2] 鹄沼,位于神奈川县藤泽市。

蜃楼之事无人不知无人不晓。事实上,家中女佣就曾看到过船只的倒影,感叹:"这简直与此前报纸上刊登的照片一模一样啊。"

我们转进东家旅馆旁边的路,顺道相邀O君。一如既往身着红色T恤的O君好像正在准备午饭。隔着篱笆墙可以瞧见他在水井边用水泵拼命压水。我举起桦木手杖向O君示意。

"请从那边上来。啊,您也来啦?"

O君①似乎以为我和K君是一起来这打发时间的。

"我们出门去看海市蜃楼。你可愿同往?"

"海市蜃楼啊?——"

O君突然笑了出来。

"近来正是时兴海市蜃楼呢。"

约莫五分钟后,我们已与O君一起走在沙很厚的路上。路的左侧是沙丘,上面有牛车的两道车辙,黑黑地斜穿过沙丘。我对这深深的车辙生出某种受到压迫之感。强壮的天才的工作痕迹——我觉得那种气势压迫而来。

"我还是不够健壮啊。只是看到那样的车痕就不知为何觉得难以忍受。"

---

① 推测为芥川晚年交往密切的画家小穴隆一(1894—1966)。

O君蹙着眉头,没有应我的话。但是,我的心情似乎已经与O君相通。

在此期间,我们穿过松树林——穿过稀疏矮小的松树林,走上引地川的堤岸。广阔的海滩对岸是一望无际的深蓝大海。而绘之岛上的房屋和树木却显得阴郁深沉。

"是新时代呢!"

K君之言有些唐突。不仅如此,他还面带微笑。新时代?——然而我瞬间发现了K君所谓的"新时代"。防沙的竹篱笆围墙后有一对正眺望着海面的男女。显然穿着薄披肩斗篷式大衣、头戴费多拉帽①的男性称不上新时代。而女子的短发自不必说,阳伞和矮跟鞋也的确是"新时代"的打扮。

"看起来很幸福呢。"

"你自己就是令人羡慕的家伙。"

O君这样促狭K君。

可以欣赏到海市蜃楼的地点距离他们约一百米。我们都趴着,隔着河川眺望阳炎下的沙滩。沙滩上,一条丝带宽的蓝色在摇曳生姿,怎么看都好像是海的颜色映射在阳炎下出现的幻象。除此以外,沙滩上船影什么的

---

① 费多拉帽,有深长折痕且侧面帽檐可以卷起的软毡帽。

一切都杳无踪迹。

"这就叫海市蜃楼吗？"

K君的下颌上满是沙子，十分失望似的如此说道。此时，不知从何处飞来的乌鸦穿梭于两三百米远的沙滩之上，穿梭于摇曳着的那抹蓝色中，而后更是朝向前方俯冲下去。与此同时，乌鸦的影子刹那间倒映在丝带一般的蓝色上。

"能看到如此景致，今日算尚可了。"

O君话音未落，我们从沙子上起身。在此时，应该在我们后面的"新时代"二人不知何时从前面朝向这边走来。

我吓了一跳，转身往我们后面环顾。然而他二人好似仍旧在距离一百米左右的竹篱笆围墙前面交谈。我们——特别是O君，突然败兴地笑起来。

"这岂不更是海市蜃楼吗？"

在我们面前的"新时代"自然不是方才的那两人。然而女子的短发与男子的费多拉帽的打扮与那二人几乎毫无二致。

"我怎么觉得这么诡异。"

"我也思忖，他们何时来到这儿的。"

我们如此闲聊着，离开引地川岸边，穿过低矮沙丘往前行。沙丘脚下，防沙的竹篱笆围墙旁的矮松因沙丘而呈现出黄色。O君经过那处时，"呦嘿"一般喊着口号弯下腰从沙上拾起了什么物件。那是一块木牌，沥青一般的黑框里写有西洋文字。

"那是什么。Sr. H. Tsuji……Unua……Aprilo……Jaro……1906……①"

"什么呀，是 dua……Majesta②……吗？是1926吧。"

"这个，大约是水葬尸体上的物件吧。"

O君如此推测。

"但是，遗体水葬时不是只包上帆布之类的吗？"

"所以将这个拴在上面啊。——看，这里还钉上了钉子，原本是十字架形状。"

此时，我们已经走在好似别墅一般的竹篱笆和松树林之间。木牌的来由似乎接近O君的推测。我再次感受到一种不该出现在青天白日下的恐惧。

"捡到了不吉利的东西呢。"

"什么，我可是要拿来做吉祥物……若是1906年至

---

① 世界语（一种人造语），大致意为：辻先生……1906年4月1日。
② 世界语，大致意为：5月2日。

1926年的话，那便是二十来岁就去世了。二十来岁啊。"

"是男是女呢？"

"谁知道……不过没准是个混血儿。"

我一面回着K君的话，一面想象着于船上去世的青年混血儿。按照我的想象，青年的母亲应是日本人。

"是海市蜃楼吧？"

O君直直地盯着前方，突然这般喃喃自语。那或许是他的无心之言，却微微触动我的心弦。

"一起喝杯红茶再走，如何？"

不知不觉间，我们已经驻足在人来人往的街角上。人来人往？——然而沙子自然干燥的路上却几乎不见人影。

"K君，如何？"

"我怎样都行……"

这时，一只雪白的狗无精打采地耷拉着尾巴从对面走过来。

二

K君返回东京后，我又与O君以及妻子一同走过引地川的桥。此次是晚上七点左右——刚用过晚饭。

那夜，连星辰也不可见。我等一行人不怎么说话，只是在不见人影的沙滩上踱步。沙滩上仅有引地川的川口一带有微末灯火晃动。那似乎是出海捕鱼的船只的信号灯。

自然，海浪声不绝于耳。然而伴随海浪接近，咸腥味也越发浓重。与其说那是海本身的气味，倒不如说被海浪卷挟至我们脚边的海草和含盐分的流木的气味。不知为何，不仅是鼻子，我的皮肤也能感受到这种气味。

我们在海边驻足了片刻，眺望着依稀可见的浪头。海上一片漆黑。我忆起了约莫十年前，自己在上总的某处海岸逗留之事。同时也想起当时一同在那里的一位友人。除自己的学习外，他还帮忙阅读了我的短篇小说《山药粥》的校正稿。

不知何时，O君蹲在岸边点燃了一根火柴。

"在做什么？"

"并非如何大不了之事……只是这样点上一根火柴便能看见很多东西吧。"

O君回过头，仰视着我们。他这一半是对我妻子说的。果然在一根火柴的光亮下可以看见散乱的刺松藻和石花菜中各式各样的贝壳。火光熄灭，O君又点燃了一根火柴，沿着岸边缓缓前行。

"啊，真吓人！我还以为是土左卫门①的脚呢。"

那是半掩埋在沙土里的一只游泳鞋。那里的海草中还夹杂着一大团海绵。然而，火光熄灭后，周遭变得比方才更为漆黑。

"不似白天的收获呢。"

"收获？啊，那个木牌吗？那样的东西可不常有。"

我们决定远离不绝于耳的海浪声，返回广阔沙滩。除却沙子外，我们脚下还时不时踩踏到海草。

"此处说不准有很多东西呢。"

"再点一根火柴看看？"

"好呀……咦，有铃音。"

我侧耳倾听。我以为这是我近来常有的错觉。然而，的确从某处传来了铃音。我再次询问O君是否听到铃音。于是乎，落后我们两三步的妻子笑着与我们搭话。

"是我的木屐上的铃铛在响吧。"

但是，我即使不回头也知道，妻子定是穿着草鞋。

---

① 土左卫门，全名成濑川土左卫门，日本江户时期的相扑选手。而后"土左卫门"成为溺死者的代称。

"今夜我当一回孩童，穿着木屐走走。"

"是夫人的袖子里在响呢。——啊，是小Y的玩具，系着铃铛的赛璐珞玩具。"

O君如此说笑起来。此间，妻子追上我们，三人并排前进。我们借着妻子的笑谈聊得比先前更加热火朝天。

我与O君说了昨夜之梦。那是在某幢西式住宅前与卡车司机聊天的梦。在那梦中，我也觉得的确曾遇见过那位司机。然而，醒来后却不知曾在何处相遇过。

"我突然想起，那是三四年前仅有一面之缘的因采访而来的女记者。"

"那么，是女司机？"

"不，当然是男的。只不过是脸变成了那女记者的脸。果然见过一次，记忆便会留在脑海里某处吧。"

"或许如此。若是令人印象深刻的脸……"

"但是我对那人的脸毫无兴趣。这样反倒叫人不安。叫人觉得意识界限之外还存在形形色色的事物……"

"换言之，就好似点燃火柴，便可以瞧见各种各样的东西。"

我这样闲话，偶然发觉唯独可以清楚瞧见我们的脸。然而周遭与先前完全一样，连星光也未见。我又觉得有些毛骨悚然,数度仰头望天。此时好像妻子也觉察了,还未等我开口便如此回答我的疑问。

"是沙子的缘故吧,对不对?"

妻子做出合起两袖的姿势,回头看了看广阔沙滩。

"似乎如此。"

"沙子这玩意儿喜欢作弄人呢。海市蜃楼也是这家伙的杰作……夫人还没见过海市蜃楼吧。"

"不,此前见过一回——就只看见了什么蓝色的东西……"

"就是那个,今日咱们所见之物。"

我们走过引地川的桥,走在东家旅馆的土堤外面。松树被不知何时起的风吹着,树梢沙沙作响。此时,好似有一位身量较矮的男子,快步走向这边。我忽然想起今年夏日看见的一个错觉。那也是这样一个夜晚,我错将杨树枝上挂着的纸看成了遮阳帽。但是,这个男子并非错觉。不仅如此,伴随着不断接近,甚至可以看见他穿着衬衫的胸部。

"什么,那个领带夹?"

我小声嘟囔后,马上发现我所以为的领带夹其实是香烟的火星。于是乎妻子用嘴衔着衣袖,最先忍不住笑了出来。而那个男子却目不斜视,匆匆地与我们擦肩而过。

"那么晚安。"

"晚安。"

我二人爽快别过O君,走在穿梭于松树间的风声之中。那风声中也夹杂着微弱的虫鸣声。

"老爷子的金婚仪式定在何时?"

所谓"老爷子"便是我父亲。

"定在何时呢……东京寄来的黄油到了吧。"

"黄油还没到。只有香肠到了。"

说话间我们已经来到门前——半敞开的门前。

1927年2月4日

他

一

　　我毫无征兆地想起一位旧友。他[①]的名字不提也无妨。他离开叔叔家后，租下了本乡的一家印刷店二楼的六张榻

[①] 他，推断或为芥川中学时代的友人平塚逸郎。

榻米大小的房间。每当楼下的印刷机运转起来时，二楼就像小蒸汽船的船舱一样，咔嗒咔嗒作响且一直晃悠。当时还是第一高等学校学生的我，在宿舍吃完晚饭后，经常去他的二楼玩。只见他总是在玻璃窗下弯起比常人更细瘦一圈的脖颈，用扑克牌占卜运势。此外，他头顶上方悬挂的那盏黄铜油灯，总会给他投下一个圆形的影子……

二

他在本乡的叔叔家住时，跟我一样就读于本所的第三中学。之所以借住叔叔家，是因为他双亲都不在了。虽说双亲都不在，但是他母亲似乎并未去世。比起父亲，他对母亲——不知改嫁去往何处的母亲更保有一份少年般的热情。记得一年秋天，他一见到我，就结结巴巴地跟我搭话："我最近知晓了我妹妹（我依稀记得他有一个妹妹）嫁去了何处，这个周日你同我一起去看看行不行？"

我赶紧同他一起去往龟户附近的郊区街道。没想到不费周折就找到了他妹妹嫁去的人家。那是理发店后面一长栋房屋中的一户。她丈夫好像去到附近工厂或什么地方上班，不在家。简陋的房中只有一个正在哺乳婴儿的妇人——他的妹妹。虽说是他妹妹，看起来却远比他更加成熟稳重。不仅如此，除细长的眼角外和他几乎无甚相似之处。

"孩子是今年出生的吗？"

"不，是去年。"

"婚也是去年结的吧？"

"不是，是前年三月结的婚。"

他像是遇上什么大事一般拼命搭话。可他妹妹却只是不时哄着婴儿，进退有度地回应。

我手里捧着斟有苦涩粗茶的粗瓷大茶碗，望着厨房门外那堵砖墙上满布的青苔。同时，我又从他们不太投机的谈话中感到一种寂寞。

"妹夫是个什么样的人呢？"

"什么样的人……要说的话还是喜欢看书吧。"

"喜欢什么书呢？"

"评书唱本之类。"

实际上，这间屋子的窗户下方摆有一张旧桌子。旧桌子上也有几册书——好像评书唱本之类的书也在其中。

可惜我对这些书的记忆很是模糊，只记得笔筒里插着两根鲜艳的孔雀毛。

"那我下回再来玩，代我向妹夫问好。"

他妹妹依旧让婴孩含着乳头，得体地跟我们道别。

"这便要走了吗？那么，也替我向大家问好。招待不周，实在抱歉。"

日暮时分将近，我们在本所的街道上漫步。我想，对这个初次见面的妹妹的态度，他一定也很失望。但是我们不约而同都对此保持缄默。我至今还记得，他只是一边用手指拂过路边建仁寺的围墙，一边对我如此说道："像这样快步行走的话，手指会莫名颤动，就像电流经过一般。"

三

他初中毕业后，参加了第一高等学校的升学考试。但是很可惜，他名落孙山。自那以后，他开始了在那家印刷店二楼的租房生活。同时也是自那时起，他开始热衷于阅读马克思和恩格斯的书。我对社会科学自然是一无所知,却对"资本""榨取"等词语抱持某种敬意——更确切地说是某种恐惧。他利用这种恐惧,一次次指责我。魏尔伦[①]、兰波[②]、波德莱尔[③]等诗人于当时的我而言完全是偶像级别以上的存在。然而,于他而言,不过是大麻和鸦片的制造者。

现在看来,那时我们的争论几乎不成立,但是我们却郑重其事地互相批驳。不过,只有我俩的一个朋友——一个叫K的医科学生,总是对我们冷嘲热讽。

"与其因为这样的争论而剑拔弩张,倒不如与我一起去洲崎[④]。"

K的目光在我俩身上逡巡着,嗤笑道。不管是洲崎还是哪里,我心里自然都愿意去。但他却一副超然模样(实际上,他的态度除"超然"一词外,别无其他形容之词),衔着一支 Golden Bat(金蝙蝠)牌香烟,对K的话不予理会。不仅如此,他有时还会先发制人,挫败K的锐气。

"所谓革命,也就是社会性行经……"

[①] 魏尔伦,一般指保罗·魏尔伦(Paul Verlaine,1844—1896),法国诗人。
[②] 兰波,一般指阿瑟·兰波(Arthur Rimbaud,1854—1891),法国诗人。
[③] 波德莱尔,一般指夏尔·皮埃尔·波德莱尔(Charles Pierre Baudelaire,1821—1867),法国诗人。
[④] 洲崎,当时东京都内的代表性妓院区。

次年七月，他入读冈山第六高等学校。自那之后半年左右，对他来说大概是最为幸福的时光。他不断给我写信告知他的近况（信上总是罗列出他读过的社会科学书名）。然而他不在身边让我多少感到若有所失。每次遇到K的时候，我必定会谈起他的事情，K也是——K对他的关注与其说是出于友情，毋宁说是近乎一种科学性的兴趣。

"不管从哪个角度看，那家伙都永远是个孩子。不过，他这样一个美少年，却丝毫不会引发同性恋情色的相关幻想。究竟是怎么一回事呢？"

K背对着宿舍的玻璃窗，抽着敷岛牌香烟，娴熟地吐出一团团的烟圈，认真地发出如此疑问。

四

他进入第六高等学校后，不到一年就病了，再次回到了他叔叔家。病名似乎是肾结核。我时常拿着饼干之类的东西去他的书生[①]房间探望。他总是坐在床上抱着纤

[①] 借住他人家中，一边做杂务一边学习的人。

细的双膝，异常开朗地说话。但是我却不能不望向放在房间角落的便壶。多数时候，那玻璃壶中透出的是刺眼的血尿。"我这样的身体已然是不行了，牢狱生活大概吃不消。"

他苦笑着说。

"即便只从照片上看，巴枯宁[①]这些人可是身强体壮啊。"

但是，他也并非全无慰藉。因为他对叔叔的女儿怀有极其纯粹的爱恋之情。他此前一次也没跟我提过他的恋爱。可是，某日午后——某个樱花季的阴沉午后，他突然向我坦白了他的恋爱。突然？——不，未必突然。我和所有青年一样，自见到他堂妹那刻起，就对他的恋爱期待不已。

"美代这会儿和学校的同学一起前往小田原市了。此前，我无意间看了美代的日记……"

听到"无意间"这几字，我不免想冷笑一番。然而，我还是一言不发地等他往下说。

"于是就看到里面写了她在电车里结识大学生之事……"

[①] 巴枯宁，一般指米哈伊尔·亚历山大罗维奇·巴枯宁（Mikhail Alexandrovich Bakunin, 1814—1876），俄国早期无产阶级革命者，无政府主义者。

"然后呢?"

"所以我想给美代忠告……"

我终究没管住嘴,如此评价说:

"这岂不矛盾?你可以爱美代,美代却不可以爱别人,世上可没有这种道理。只是,若从你的心情出发,那便另当别论。"

他显然甚为不快,却没有对我的话加以反驳。

然后,然后说了什么?我只记得自己也很郁闷。那当然是因为冒犯了他这个病人而闷闷不乐。

"那我就告辞了。"

"啊,那就再见了。"

他点了点头,又故作轻松地加了一句:"能借我几本书吗?下次你来的时候带来便好。"

"什么样的书?"

"天才传记之类或是其他什么的便好。"

"那我把《约翰·克里斯托夫》①带来吧?"

"嗯,只要是朝气蓬勃的就好。"

我怀着一颗近乎死心断念的心,回到了位于弥生町

---

① 法国作家罗曼·罗兰(Romain Rolland,1866—1944)的代表作之一,描述一位音乐家如何反抗社会,进行自我升华的小说。

的宿舍。不巧的是,窗玻璃已经破损的自习室里空无一人。我在昏暗的灯光下复习德语语法。但不知怎的,对那个失恋的他——即使失恋了,至少他有叔父的女儿,我实在羡慕不已。

五

约半年后,他搬去了某处海岸疗养。虽说是换个地方疗养,其实他大部分时间都住在医院。我利用学校的寒假,千里迢迢去看望他。他的病房在采光不好、冷风呼啸而过的二楼。他坐在床上,依旧充满活力地笑着。但是关于文艺和社会科学,他却几乎只字不提。

"每当我看到那棵棕榈树,都会莫名生出同情之意。看,那树上的叶子在动呢。"

不知不觉间,玻璃窗外的棕榈树树梢上的叶子被风吹拂,进而整棵树的叶子都在摇晃。裂开细口子的叶片尖儿几乎是在神经质地颤动。实际上,这无疑带有些许近代式的悲哀色彩。然而,我为了独自一人待在病房的他着想,尽量明朗地回答道。

"是在动呢。不过是海边的棕榈树，你有什么好担心的……"

"然后呢？"

"讲完了。"

"什么啊，真是无趣。"

在这样的对话中，我渐渐感到喘不过气来。

"你看了《约翰·克里斯托夫》吗？"

"嗯，看了一点……"

"看不下去吗？"

"那本书太过生气勃勃。"

我再次竭尽全力将快要沦陷的对话拽了回来。

"听说前几日 K 来看望你了。"

"啊，是的，当天就回去了。好像聊了些活体解剖之类的就走了。"

"真是个令人讨厌的家伙。"

"为何？"

"也说不上为何……"

我们吃完晚饭后，正好赶上风势渐微，便决定去海边散步。太阳早就落山，然而周围仍旧很明亮。我们坐在长着矮小松树的沙丘斜坡上，一边看着两三只飞翔的扁嘴海雀，一边闲聊着各种各样的事情。

"这沙子很凉吧。不过，你把手伸到里面看看。"

我照他所说，一只手插进长有枯萎筛草的沙子里，感受到还残留在那里的微弱的太阳余温。

"嗯，有点令人害怕。到了晚上也还是很温暖吗？"

"什么呀，很快就变冷了。"

不知为何，我依旧清楚地记得这些对话，还有我们对面五十多米远的漆黑而平静的太平洋……

六

我听闻他去世的消息，正好是第二年的旧历大年初一。后来听说，医院里的医生护士为庆祝旧历新年，玩歌留多纸牌①一直到深夜。据说，他因喧嚷之中难以安眠而怒火中烧，躺在床上大声呵斥他们，同时大咯血，很快就咽了气。当我看着那张镶有黑边的明信片时，与其说是悲伤，不如说是感到人生无常。

---

① 日本纸牌游戏，把和歌写在纸牌上，玩家听读牌人读上句，找下句对应的纸牌，得牌多者获胜。

"此外，故人随身书籍已与遗骸一同火化，其中若有阁下出借书籍，敬请谅解。"

这是明信片一角上手书的字句。我看着这样的话，想象着几册书化为火焰升腾而起的情景。当然，那些书中肯定夹杂有我借与他的《约翰·克里斯托夫》第一卷。这一事实对当时满心感伤的我来说，似乎带有一种微妙而难以言明的象征意味。

五六日后，我偶然遇到 K，聊起他的事。K 依旧一脸冷漠，叼着香烟问我：

"X 了解女人吗？"

"这个嘛，谁知道呢……"

K 满腹怀疑似的，注视着我的脸。

"算了，那些都无所谓……不过 X 死了，你难道没有一种胜利者的感觉？"

我迟疑了片刻。此时 K 打断我，自顾自地回答他自己提出来的问题。

"至少我有此感觉。"

自那以后，我对与 K 见面这件事多少有些不安。

1926 年 11 月 13 日

他 之 二

◤ 一 ◢

他[1]是一个年轻的爱尔兰人。他的名字不提也无甚妨碍。我只是他的一个朋友。他妹妹[2]至今还将我称为"My

---

[1] Thomas Jones（1890—1923），1915年前往日本，在大仓商业学校（现东京经济大学）教授英语。
[2] Mabel Jones，1919年前往日本，1923年归国，曾与芥川见过面。

brother's best friend.（我哥哥最好的朋友。）"当我与他初次见面时，不知是何缘故，竟有种似曾相识的感觉。不，不仅是他的面庞。那房间里的壁炉中燃烧着的火焰，还有映着火光的那把桃花心木椅，以及壁炉上面的柏拉图全集，我都的的确确觉得似曾相识。与他谈话间，这种感觉变得越发强烈。不知何时，我忆起，好似五六年前，我曾在梦中见过如此光景。当然我从未说过此事。他一边抽着敷岛牌香烟，一边说起我们正在谈论的爱尔兰作家们的故事。

"I detest Bernard Shaw（我讨厌萧伯纳[1]）。"

我记得他曾旁若无人地对我如此说道。那是发生在我俩都虚岁二十五的那年冬天之事……

二

我俩只要能弄到钱，就会进出咖啡馆和茶屋[2]。他比

---

[1] 萧伯纳，一般指乔治·伯纳德·萧（George Bernard Shaw, 1856—1950），英国剧作家。
[2] 茶屋，提供茶、饭菜、日式点心的休息场所。

我多了三成男子气概。一个雪花纷飞的夜晚,我们坐在保利斯塔咖啡馆(CAFE PAULISTA)角落的一张桌子旁。那时保利斯塔咖啡馆的中央有一台点唱机。只需投入一枚硬币,就能听到音乐。那晚,点唱机的音乐作为伴奏贯穿我们的谈话始终。

"将我的话翻译给那个服务员听——不管是谁,只要有人付五钱,我就付十钱,让那个点唱机停下来。"

"这种要求恕难从命。首先,花钱不让别人听他们想听的音乐,不是很惹人嫌吗?"

"那么,花钱强迫别人听他们不想听的音乐,也很惹人嫌。"

此时,点唱机的音乐恰好停了下来。然而,立马就有一个戴着鸭舌帽,学生模样的男人走了过去,丢进硬币。于是他起身立即骂了句什么该死,说着拿起调味品架就要扔过去。

"住手,不要做这种蠢事。"

我拉着他走到飞雪的街道上。但是我心里也有种莫名的兴奋感。我俩抱着胳膊,伞也没打,只是向前走着。

"这般雪夜,我真想一直走下去。不论去往何处,能走多远就走多远……"

他几乎责备似的打断了我的话。

"那为何不走？如果我们想一直走下去的话，就一直走下去。"

"那未免过于浪漫。"

"浪漫有何不好？想走而不走不过是懦弱无能罢了。冻死也罢什么都好，先走走看……"

他突然变了口气，称呼我为 Brother（兄弟）。

"昨日，我给我们国家的政府发了一封电报，表明我想从军。"

"然后呢？"

"尚无回音。"

不知不觉间，我们恰巧经过教文馆的装饰橱窗前。一半玻璃被雪覆盖、灯火明亮的橱窗里摆放着许多有关坦克和毒气的照片，还有几册战争的书籍。我们就这般抱着胳膊在橱窗前停了一会儿。

"Above the War—Romain Rolland…（超乎混战之上——罗曼·罗兰[①]）"

"哼，于我们而言，并非'above（之上）'。"

[①] 罗曼·罗兰（Romain Rolland, 1866—1944），法国作家、音乐评论家、社会活动家。

他露出一脸奇怪的表情,好似公鸡竖起了脖子上的羽毛一般。

"罗兰他们知道什么?我们正处于战争的 amidst(中心)。"

自然,于我而言,并不能深切体会到他对德国的敌意。因而,我对他的话多少有些反感。与此同时,我亦觉得自己从醉意中清醒了过来。

"我要回去了。"

"这样啊,那我……"

"你就去这附近什么地方继续沉沦吧。"

我们正好驻足在京桥的拟宝珠①形状的立柱前。深夜,空无一人的大根河岸,一株积雪的枯柳垂下枝条,伸向黑沉沉的沟渠之中。

"日本嘛,总之便是如此光景。"

他与我分别之前感慨万千地说了这句话。

---

① 拟宝珠,传统的建筑物装饰,形似洋葱。

三

时运不济，他没能如愿参军。然而，他回了一次伦敦后，时隔两三年，决定在日本落脚。然而我们——至少我不知何时失去了浪漫主义。当然，这两三年于他而言也并非全无变化。他在租住的一户普通人家的二楼穿着大岛绸的外罩与和服，一边用手贴着小手炉取暖，一边抱怨：

"日本渐渐变得美国化了呢。我时常想，与其留在日本，倒不如住到法国去。"

"无论是谁，外国人总有一天会幻想破灭吧。小泉八云①晚年亦如是。"

"不，我不会幻灭。因为没抱有 illusion（幻想）的人不可能 disillusion（幻灭）。"

"这不是空谈吗？我这样的人，连我自己——都仍抱有一种 illusion（幻想）。"

"倒也说得通……"

他脸色阴沉地透过玻璃窗远眺着阴云笼罩下的高地

---

① 小泉八云（1850—1904），父亲是英国人，母亲是希腊人。出生名为 Patrick Lafcadio Hearn。后取得日本国籍，改名为小泉八云。新闻记者、作家、日本研究学家。

景致。

"我最近可能要去上海做通讯记者。"

他的话立即让我想起,自己不经意间忘记了的他的职业。我一直单纯地认为他是我们之中有艺术气息的一人。然而为维持生计,他在一家英文报社当记者。我思忖着,任何艺术家都无法摆脱"生计",也试图让谈话变得积极一些。

"上海应当比东京有趣吧。"

"我也这么认为。但是,在那之前我必须再回一趟伦敦……对了,我给你看过这个吗?"

他从桌子抽屉拿出了一个白色天鹅绒的盒子。盒子里放着细细的铂金戒指。我拿起戒指端详,看到内侧刻有"赠桃子"字样后,忍不住微笑了起来。

"但是我定做之时是要求将我的名字写在'赠桃子'之下的。"

那或许是工匠的失误。又或许那个工匠考虑到那获赠女子的营生,因此故意没有刻上外国人的名字。对于在这种事上满不在乎的他,我与其说是同情,不如说是觉得可怜。

"近来你去了哪儿?"

"柳桥。因为在那里可以听见水声。"

于东京人的我而言，这话着实让人心酸。然而，不知不觉间，他又恢复了开朗的神情，不住地谈起他一直喜爱的日本文学。

"前几天我看了谷崎润一郎的小说《恶魔》[①]。那大概是描写世界上最为肮脏之物的小说。"

（几个月后，我在闲谈之际与《恶魔》的作者顺便提到他所说的话。于是那位作家从容大方地对我笑言："世界第一的话，怎么都行！"）

"《虞美人草》[②]呢？"

"就我的日语水平而言，还读不了……今天能陪我吃个饭吗？"

"嗯，我就是为此而来。"

"那稍等我一会儿。那里有四五本杂志（可以看看）。"

他吹着口哨，麻利地换上西装。我背对着他，漫不经心地翻看着杂志 *Book man* 等等。此时，在口哨间歇，他突然发出极短的笑声，并用日语跟我说道：

"我已经能够端端正正地跪坐了。只是裤子实在

---

① 《恶魔》是谷崎润一郎（1886—1965）的恶魔主义的代表作品。
② 《虞美人草》是夏目漱石（1867—1916）的长篇小说。

可怜。"

四

我最后一次见他[①]是在上海的一家咖啡馆。(那次见面约莫半年后,他因感染天花而逝世。)我们坐在明亮的琉璃灯下,面前摆着威士忌碳酸饮料,看着聚集在左右桌边的男男女女。除两三个中国人外,其他大多是美国人或俄国人。然而,其中一名披着青瓷淡绿色长袍的女子比任何人都更加兴奋地说着话。她虽然身材瘦削,却拥有比任何人都美丽的脸庞。我看到她的脸庞,便想到了砧青瓷色的琉璃制品。事实上,尽管她很动人,却的确让人觉得有些病态。

"那女人是何人?"

"那个人啊?她是法国的……嗯,是个演员吧。大家都唤她妮妮——不说这个,你且看那个老头。"

"那个老头"在我们旁边,用两手暖着红葡萄酒杯,

---

① 芥川自1921年3月末开始,作为大阪每日新闻社的视察员赴中国旅行。

随着乐队演奏的节奏不停摇晃脑袋。这是可称之为乐在其中的姿态。我对热带植物中不断传来的爵士乐很感兴趣，但是，不用说，没像那看起来很是幸福的老头那样入迷。

"那老头是犹太人。他在上海前前后后生活了三十年。他那样的人到底是怎么想的呢？"

"无论怎么想的，现在这样有何不好？"

"不，当然不好。我已对中国感到厌倦。"

"不是对中国，是对上海吧。"

"就是对中国。我在北京也待过一阵子……"

我忍不住嘲弄他这样的抱怨。

"中国也逐渐美国化了吧？"

他耸耸肩，沉默了一阵子。我有些近乎后悔之感。且我觉得自己必须说些什么来消除尴尬。

"那你想住在何处呢？"

"无论住在哪里——我走南闯北，住过不少地方。现在想住的就是苏维埃政权统治下的俄国。"

"那样的话，你去俄国即可。你不是哪里都能去吗？"

他再次沉默。然后——直至今日我仍旧清楚地记得他当时的表情。他眯起眼睛，突然唱起了连我都已忘却的《万叶集》里的和歌。

"世事难如意，消得人憔悴。愿离尘世间，可恨无双翼。"

我忍不住因他的日语腔调微笑起来。然而，奇怪的是，我的内心不禁有些感动。

"那个老头就不用说了，就连妮妮都比我幸福。无论如何，正如你所知……"

我的心立刻明朗起来。

"哦，哦，不用你说我也知道。你是'永世流浪的犹太人'①吧。"

他喝了一口掺苏打水的威士忌，又恢复了平日的样子。

"我没那么单纯。诗人、画家、评论家、报社记者……还是儿子、兄长、单身人士、爱尔兰人……还是气质上的浪漫主义者、人生观上的现实主义者、政治上的共产主义者……"

不知不觉间，我们笑着推开椅子，站了起来。

"还是她的情人吧。"

"是啊，情人……还有。我是宗教上的无神论者、

---

① 永世流浪的犹太人，神话传说里长生不死、永远徘徊于世界上的男子。

哲学上的唯物主义者……"

深夜的街道与其说是被霭，更像是被类似瘴气之物所笼罩。或许是路灯灯光的关系，看起来又像奇妙的黄色。我俩挽着胳膊，大步踏在柏油路上，就像二十五岁时的我们一样——但是如今，我不再像二十五岁时那样愿意步行去任何地方。

"我还没告诉你吧。我做了声带检查的事。"

"在上海吗？"

"不是，是回伦敦的时候。我去检查了声带。他们说这可是一个世界级男中音的声带呢。"

他盯着我的脸，露出有些讽刺的微笑。

"那么，比起做一个报社记者……"

"当然，若我当上歌剧演员的话，会达到卡鲁索①的水平。但现在却为时已晚。"

"这可是你一生的损失呀。"

"不，蒙受损失的不是我。这是世界上所有人的损失。"

我们已经走到亮着许多船灯的黄浦江边。他稍稍停

---

① 卡鲁索，一般指恩里科·卡鲁索（Enrico Caruso, 1873—1921），世界著名的意大利男高音歌唱家。

下脚步，用下巴示意"看"。迷雾中隐约可见水中有一具白色小狗的尸体在轻柔的水波中不断晃动。这小狗是谁造的孽？小狗脖子周围挂着一束带花的草。这确实让人觉得既残酷又美丽。不仅如此，自从他吟唱过《万叶集》的和歌之后，我或多或少被传染了感伤主义。

"这很像妮妮吧。"

"如若不然，便是我身体里的声乐家。"

他话音刚落，立马打了个毫无缘由的大喷嚏。

五

大概是因为久违地收到他远在尼斯的妹妹的来信。我终于在两三日前的夜里，在梦中与他畅聊。无论如何回想，还是与他初次见面时一样。壁炉里红色的火光摇晃。那火光映在桃花心木的桌椅上。不知为何，我很是疲倦，却还是说起我们正在谈论的爱尔兰作家们的话题。但是，要与渐渐袭来的睡意斗争并不容易。朦胧间，我听到了他的言语。

"I detest Bernard Shaw（我讨厌萧伯纳）。"

然而，我就这般坐着，不知不觉中沉沉睡去。然后——我又自然而然地醒了。漫漫长夜尚未结束。包裹在包袱布中的电灯洒下了微弱的光芒。我趴在床上，点燃敷岛牌香烟，以平息异样的兴奋。不过，方才还在睡梦中的我，现在醒了。这让我毛骨悚然。

           1926 年 11 月 29 日

悠 悠 庄[①]

十月的一个午后,我们三人一边聊天,一边沿着松间小径漫步。这条小径上一个人影也没有,只有偶尔从树梢上传来的鸭鸟的鸣叫。

[①] 文中的 S 先生为斋藤茂吉(1882—1953),诗人、精神科医生;T 君为土屋文明(1890—1990),诗人。两人于 1926 年 9 月 25 日前往鹄沼拜访正在静养中的芥川。

"曾经放过凡·高尸体的那个台球桌，现如今还有人在那上面打球呢……"

从西洋归来的 S 先生跟我们说着这样的事。

此时，我们恰巧经过一个花岗岩大门，门上有一层薄薄的苔藓。镶嵌在石头上的门牌上写着"悠悠庄"。但是大门后面的房子——一栋茅草屋顶的西式洋房静悄悄的，且玻璃窗紧闭。我平素就尤为钟爱这所房子。这是因为，其一，房子本身的确甚为雅致。但是也不得不说，其二，周围极尽荒颓之景致——肆意生长的草坪与干涸的古塘亦呈现出颇多情趣。

"进去看看？"

我率先进了大门。垫脚石两侧的松树下，斑玉簟等植物微微泛红。

"自从大地震后，这栋别墅的主人好像从未踏入过这里……"

此时，T 君若有所思地扫了一眼门前的胡枝子花后，反驳了我这样的说法。

"不，去年应该来过这里。若是去年没有细心修剪的话，胡枝子断然不会如此开花。"

"但是你瞧瞧这草地。上面有如此之多掉下来的墙土。这定是地震[1]中掉落下来,之后就再没收拾过。"

事实上,我的脑海里正描绘着一个因地震而遭到无可挽回的沉重打击的年轻实业家。这想象一定与被常春藤包裹的农舍风西式洋房——尤其与种植在玻璃窗前的几株棕榈树和芭蕉相得益彰。

然而T君弯下腰,从草地上拾起一些泥土,再次对我的话提出反对意见。

"这并非掉落下来的墙土。而是园艺用的腐殖土,且是上等的腐殖土。"

我们不知不觉驻足在垂着窗帘的玻璃窗前。自然,窗帘是表层薄涂石蜡的防雨布。

"看不见屋内的模样吧。"

我们一边谈论这个问题,一边变换着位置,透过几个玻璃窗向里张望。"悠悠庄"的内部皆被窗帘遮挡得严严实实。但是,恰巧朝南的玻璃窗框上摆着两个药瓶。

"哈哈,在使用沃素片[2]呢。"

S先生回头对我们说:

"这栋别墅的主人患了肺病。"

---

[1] 发生于1923年的日本关东大地震。
[2] 含有沃素成分的药剂,用于缓解神经痛、头痛、结核热。

我们穿过芒草穗绕到"悠悠庄"后面。那里有一个已经生了红锈的铁皮屋顶仓库。仓库里有一个炉子、一张西式书桌以及一尊没有头与胳膊的石膏女人像。那尊女人像就那么躺在炉子前,表面满布了灰尘。

"所以,这个肺病患者为了寻求慰藉还玩起了雕塑。"

"这也是园艺用品。在石膏头部种植兰花之类的……那桌子和炉子也是一样。这个仓库的窗户也是玻璃制的,所以是当成温室使用的吧。"

T君说得十分在理。实际上那张小桌子上还放着用于种植兰科植物的软木碎片。

"哎呀,那张桌子的桌腿下还有维多利亚牌月经带的瓶子。"

"那是他太太的……或许是女仆的。"

S先生微微苦笑了一下说道。

"那么,只有这一点是肯定的。这别墅的主人得了肺病,而后就开始享受园艺的乐趣……"

"然后,他大概在去年去世了。"

我们再次穿过松林,返回至"悠悠庄"的大门前面。芒草不知何时起在风中摇摆。

"这房子让我们来住的话过于宽敞,但是,总之是